D1725783

HANNELORE
COMMENDA

HANNE

ROMAN

DANKSAGUNG

Mein herzlicher Dank geht an Leo Pokorny, der an mich herangetreten ist und meinte, nachdem er das Manuskript gelesen hatte: „Des Buch moch ma, Hanni!" Er hat mein Buch komplett gestaltet und seine Produktion ermöglicht.

Weiters möchte ich mich recht herzlich bei Monika Redlin für ihr überaus professionelles Lektorat bedanken.

HINWEIS

Alle in diesem Roman vorkommenden Personen, Schauplätze, Ereignisse und Handlungen sind frei erfunden. Etwaige Ähnlichkeiten mit lebenden oder verstorbenen Personen sowie tatsächlichen Ereignissen sind rein zufällig.

IMPRESSUM

Die Deutsche Nationalbibliothek verzeichnet diese Publikation in der Deutschen Nationalbibliografie; detaillierte bibliografische Daten sind im Internet über dnb.dnb.de abrufbar. Die Schweizerische Nationalbibliothek (NB) verzeichnet aufgenommene Bücher unter Helveticat.ch und die Österreichische Nationalbibliothek (ÖNB) unter onb.ac.at.

Unsere Bücher werden in namhaften Bibliotheken aufgenommen, darunter an den Universitätsbibliotheken Harvard, Oxford und Princeton.

Autorin: Hannelore Commenda

Titel: Hanne

Coverfoto: Jenny Boot

Lektorat: Mag. Dr. Monika Redlin

Satz und Covergestaltung: Ing. Leopold Pokorny

ISBN: 978-3-03886-027-3

Die Österreichische Literaturgesellschaft ist ein Imprint der Europäische Verlagsgesellschaften GmbH. Erscheinungsort: Zug

© Copyright 2019

Sie finden uns im Internet unter: www.literatur-gesellschaft.at

INHALT

Es war um die Mittagszeit, an einem Sommertag im August. Ich kam von einer Golfrunde nach Hause, die ich mit meiner Freundin Doris gespielt hatte und sperrte das Gartentor auf. Mein Golden-Retriever-Rüde Bios begrüßte mich wie immer, nämlich so, als hätte er mich tagelang nicht gesehen und veranstaltete ein wildes Freudentänzchen für mich. Ich war rundum zufrieden, mein Spiel war gut gewesen, das Wetter strahlend und mein Appetit groß. Ich ging ins Haus, um mir eine kleine Mahlzeit zuzubereiten. In der Küche kündigte mir mein Handy eine Textnachricht an. Die SMS kam von meinem Bruder: „Ich möchte euch informieren, dass sich laut Pflegeanstalt bei Mama der Gesundheitszustand massiv verschlechtert hat und jederzeit mit dem Schlimmsten zu rechnen ist, Fritz."

Schlagartig verspürte ich keinen Hunger mehr. Es schnürte mir die Kehle zu, ich spürte den Puls heiß pochend in meiner Schläfe, mein Herz begann zu rasen, meine Augen füllten sich mit Tränen.

Wie er das geschrieben hat, der Herr Beamte: „Ich möchte euch informieren ...jederzeit mit dem Schlimmsten zu rechnen...".

In erster Linie machten mir meine Schuldgefühle zu schaffen, wünschte ich doch schon seit längerer Zeit meiner Mutter den Tod. Dieses unwürdige Leiden sollte endlich ein Ende finden. Sie hatte schon vor Jahren ihren Lebenswillen verloren, sie fühlte sich nutzlos, sie litt unter starken Depressionen.

Und ich wollte endlich Frieden finden, sie nicht gedanklich immer wieder sehen müssen, böse und zugleich hilflos, sitzend in ihrem Bett im Pflegeheim. Schon seit Jahren war ich nicht mehr bei ihr gewesen.

Ich war nervös, nahm mir *Das Buch vom meditativen Leben* zur Hand und blätterte zum Kapitel über die Angst, aber es hatte keinen Sinn, ich konnte mich nicht konzentrieren, meine Gedanken sprangen hin und her. Was sollte ich tun? Sollte ich nicht schleunigst zu ihr ans Totenbett? Oder besser: Warten und so tun, als hätte ich die Nachricht erst viel später gelesen. Ich wollte sie nicht mehr sehen.

KAPITEL 2

Aufgewachsen bin ich in einer 3000-Seelen-Gemeinde, in einer 70m² kleinen Wohnung, gemeinsam mit meinen zwei Brüdern und meinen Eltern.

Ich kann mich an die Zeit, als meine Halbschwester Gisel und mein Halbbruder Fritz bei uns wohnten nicht mehr erinnern. Beide sind um mehr als zwölf Jahre älter als ich. Meine Erinnerungen beginnen, als ich zur Volksschule ging, da waren die beiden bereits ausgezogen. Mein Halbbruder war zu dieser Zeit schon Angestellter bei der Gemeinde. Er sollte es Jahre später bis zum Gemeindesekretär bringen. Zu ihm hatte ich, auch in späteren Jahren, den wenigsten Kontakt, ich mochte ihn nie, er hat viel von meiner Mutter.

Ich erinnere mich daran, dass ich mit meinen zwei Brüdern Christoph und Ferdinand im Elternschlafzimmer schlief. Die Buben im Ehebett und ich in einem an die Wand geschobenen Stahlbett. Im Zimmer gab es noch einen großen Kleiderschrank, in dem die Kleidung der Eltern aufbewahrt wurde, einen Wandspiegel, zwei Teppichläufer und ein riesiges Marienbild, das über dem Ehebett hing. Das Zimmer wurde im Winter nie geheizt. In diesem Zimmer wurde auch nicht gespielt. In diesem Zimmer hatte ausschließlich Ruhe zu herrschen und wenn das nicht der Fall war, kam meine Mutter mit einem Stück Gummischlauch, versohlte uns den Hintern und schrie dabei: „Ruhe jetzt".

Meist lüftete meine Mutter bei mir die Bettdecke, um an mein Hinterteil zu gelangen. Meine zwei Brüder waren Muttis Lieblinge und in ihren Augen immer unschuldig. Damals wurden

Kinder üblicherweise geschlagen. Oft hörten wir Hanspeter aus der Wohnung ober uns im ersten Stock laut schreien und weinen, wenn er von seinem Vater verprügelt wurde.

KAPITEL 3

Obwohl wir arm waren, bekam ich von den Geldproblemen nicht sehr viel mit. Eigentlich interessierten sie mich nicht, ich kannte ja kein anderes Leben. Ich war zwar die Einzige in der Klasse oder vielleicht sogar an der gesamten Volksschule, die kein Schulessen bekam, ich half manchmal beim Servieren der Speisen, aber ich dachte, das sei deshalb so, weil ich ja nur zwei Gehminuten von der Schule entfernt wohnte und der Unterricht längstens bis 13.00 Uhr dauerte.

Das Wasser lief mir beim Servieren von gebackenen Mäusen (eine aus Germteig gebackene Süßspeise) mit Vanillesauce im Mund zusammen. Hin und wieder überließ mir mein Lehrer seine Essensmarke, nämlich dann, wenn etwas am Speiseplan stand, das er nicht mochte. Gebackene Mäuse mochte er.

Schlimm war für mich, wenn ich die abgetragenen Pullis meines Bruders tragen musste. Ich mochte Christoph, meinen um drei Jahre älteren Bruder sehr, allerdings schämte ich mich entsetzlich, wenn ich einen seiner Pullover anziehen musste, aus dem er selbst hinausgewachsen war und der meist schon vor ihm von einem anderen Kind getragen worden war. Keiner in der Klasse konnte übersehen, dass der Pullover uralt und kein Mädchenpullover war. Aber was konnte ich schon dagegen machen, wenn meine Mutter sagte, ich hätte den Pullover zu tragen, dann musste ich. Ich hatte keine Wahl. Auch wenn ich sehr burschikos wirkte, mit meinen kurzen, in den Nacken geschorenen Haaren und mit meiner drahtigen, sportlichen Figur. Ich liebte es, ein Mädchen zu sein und wollte eigentlich auch so aussehen.

Zum Glück bekam ich auch Kleidchen von älteren Mädels aus dem Ort geschenkt. Ich mochte diese duftigen, mit Rüschen besetzten Stoffe, leicht wie der Wind, am besten in den Farben orange, rosa oder pink. Dabei störte es mich nicht im Geringsten, wenn sie schon etwas abgetragen waren. Und genau so ein Kleid bekam ich von Margit geschenkt. Ihre Eltern besaßen die Dorftischlerei. Meine Mutter gab es mir um die Mittagszeit an einem Freitag, Mitte Mai. Ich zog es sofort an, es reichte mir bis zu den Knien und deckte so viele der Schrammen und blauen Flecke ab, die ich mir beim Bäume klettern oder sonst wo zugezogen hatte.

Ich musste es unbedingt Ria, meiner besten Freundin zeigen. Ich lief aus der Wohnung, bremste mich aber gleich wieder ein und zwang mich, etwas vornehmer zu wirken. Normalerweise sprang ich die sieben Stufen im Stiegenhaus in einem Schwung hinunter. Dieses Mal hüpfte ich jede Stufe einzeln, und betrachtete dabei die Bewegungen, die mein schönes Kleid machte. Die zweite Treppe, die in den Keller führte, nahm ich wieder in einem Durchgang.

Ich holte *Honeylucky* aus dem Fahrradabteil und trug es die Treppe hoch. Seit neuesten spielten meine Freundinnen und ich, dass unsere Fahrräder Pferde seien. Als ich bei Ria, die nur einen Trakt weiter wohnte, anläutete, erschien auch Marie, meine zweitbeste Freundin, in der Tür. Sie bemerkten sofort mein neues Kleid und waren begeistert. Wir beschlossen gemeinsam Doris, die vierte in unserem Freundinnenbund abzuholen, um gemeinsam ein wenig mit unseren Pferden auszureiten, danach wollten wir zum Fußballplatz. Ich hatte schon vor längerer Zeit meinen Freundinnen versprochen, ihnen das Radschlagen beizubringen.

Als wir zu viert nach ungefähr einer Stunde bei der Sportwiese ankamen, war es schon ziemlich warm. Wir stellten die Pferde in den Schatten der Birken, die entlang des Fußballfeldes in Reih und Glied gepflanzt waren. *Honeylucky* hatte keinen Fahrradständer und so musste ich mein Pferd an eine Birke lehnen. Wir rissen Grasbüschel aus und legten sie unseren Pferden zum Fressen hin. Wir rannten auf das Feld und ich begann sogleich Räder zu schlagen, vier, fünf, sechs Räder hintereinander. Als ich meinen Freundinnen die Bewegung des Radschlagens in Zeitlupe vorführen wollte, stand ich im Blickwinkel zu unseren Pferden und wollte meinen Augen nicht trauen. Ich sah, wie sich Raufer-Fred an unseren Pferden zu schaffen machte. So wie es aussah, ließ er ihnen die Luft aus den Reifen. Ich und meine Freundinnen hatten riesige Angst vor Fred, er war gemein und brutal.

Jetzt sah auch Fred zu uns herüber. Breitbeinig, eine Hand lässig in seiner Jeansvordertasche und Kaugummi kauend kam er langsam auf uns zu. Ria, Marie und Doris liefen kreischend in die andere Richtung davon, nur ich blieb wie angewurzelt stehen. Ich wusste, ich würde großen Ärger wegen dieses Fettwansts zu Hause bekommen. Meine Mutter würde fürchterlich mit mir schimpfen, weil ich nicht genügend auf mein Fahrrad achtete. Das soll er mir büßen, dachte ich bei mir. In diesem Moment dachte ich nicht daran, dass er um zwei Köpfe größer als ich und doppelt so schwer war.

Noch bevor Fred bei mir ankam, hatte ich meine linke Hand zu einer Faust geballt, ich rannte auf ihn los und rammte sie ihm in die Magengegend. Fred ging in die Knie und umschlang mit beiden Händen seinen Bauch. Ich rannte so schnell ich konnte weiter zu *Honeylucky*, schnappte mir mein Rad und eilte nach Hause. Meine Mutter und Christoph waren in der Küche, als ich laut keuchend, ohne Atem bei ihnen auftauchte. „Welche Laus ist denn dir über die Leber gelaufen?" fragte mich mein Bruder. Ich hielt meinen Blick gesenkt und sagte leise: „Eine dicke, große." Jetzt wurde auch meine Mutter aufmerksam und sie forderte mich zum Reden auf. Ich erzählte ihnen die Geschichte, aber statt dass mich meine Mutter ausschimpfte, lachte sie nur. Es schien ihr zu gefallen, dass ich mich zur Wehr setzte und das machte ich, seit ich denken kann.

Meine zwei Brüder halfen immer zusammen und sie machten ihren Schabernack mit mir und mir gefiel das. Ich raufte gerne und viel mit ihnen und zur Not auch mit anderen Burschen aus der Nachbarschaft, wenn sie frech zu mir waren.

Die meiste Zeit meiner Kindheit verbrachte ich spielend. Am liebsten spielte ich mit meinen Freundinnen, aber oft musste ich mich auch allein beschäftigen. Meistens im Sommer, dann wenn meine Freundinnen und die anderen Kinder vom Haus, über mehrere Wochen in den Urlaub nach Bibione oder Caorle fuhren und ich allein zurückblieb. Sehr gerne spielte ich dann erwachsene Dame. Manchmal zog ich heimlich den Morgenmantel meiner Mutter an. Er war durchsichtig, in einem zarten Rotton, der Saum üppig mit einer Tüll-Bordüre eingefasst. Meiner Mutter reichte er nur bis zu den Knien, an mir hing er bis an den Boden. An mir sah er wie ein schönes, langes Kleid aus. Ich hängte mir ein großes schwarzes Handtuch über den Kopf. Ich sah nun aus, als hätte ich lange, schwarze Haare. Ich war die temperamentvolle Piratenbraut, der Wandspiegel im Schlafzimmer der verwegene, schöne Filmheld. Ich hatte einen kurzen Monolog, den Text weiß ich nicht mehr, dann schritt ich mit meinem langen, schwarzen Handtuchhaar und dem Traumkleid in Rot, schnellen, entschlossenen Schrittes den dunkelbraunen Teppichläufer entlang auf den Spiegel zu und versetzte ihm einen innigen Zungenkuss. Immer und immer wieder spielte ich diese Filmszene nach.

Eines Tages, ich war gerade bei der innigen Kussszene, glaubte ich ein leises Lachen wahrzunehmen. Statt dem üblichen Wohlbehagen, das sich für gewöhnlich an dieser Stelle breitmachte, stieg tiefes Entsetzen in mir auf. Nein, bitte nicht, hoffte ich. Ich hielt die Luft für einen Moment an, und redete mir ein, dass ich mich verhört hätte. Aber ich hatte mich nicht verhört, ich hatte zuvor vergessen, die Schlafzimmertür zu schließen. Sie wurde nun aufgestoßen und meine zwei Brüder lachten mich unverhohlen aus, so wie ich dastand, im langen, roten Plastikrüschenkleid und dem schwarzen Handtuch auf meinem Kopf. Ich schämte mich entsetzlich. Das war das letzte Tête-à-Tête, das ich mit meinem imaginären Helden hatte.

Eines der unliebsamen Dinge, die ich in den Sommermonaten verrichten musste, war bei der Gartenarbeit mitzuhelfen. Dabei spielte es keine Rolle, ob meine Freundinnen auf Urlaub waren oder nicht. Ich musste bei der größten Hitze, im Hochsommer die Kartoffelpflanzen von Kartoffelkäfern, deren Larven und Eier, welche an der Blattunterseite klebten, befreien. Tat man das nicht, hätten die Käfer die Stauden niedergefressen und es hätte keine Kartoffelernte gegeben. Meine Eltern hatten so viele Kartoffeln angebaut, dass unsere Familie ein ganzes Jahr mit der Ernte auskam. Wenn ein gutes Kartoffeljahr war, verkauften meine Eltern auch an unsere Nachbarn. Meine Mutter musste das ganze Jahr über kein Gemüse einkaufen. Das gepachtete Grundstück war so groß, dass meine Eltern auch jedes erdenkliche andere Gemüse anbauten. Es gab einfach alles: Fisolen, Erbsen, Karotten, Charlotten, Rettich, Kren, Tomaten, Gurken. Es gab ein ganzes Beet nur mit Erdbeeren, einige Ribiselstauden und sogar zwei Beete nur mit Schnittblumen, für meine Mutter.

Aber noch schlimmer als das Klauben der Kartoffelkäfer bei Gluthitze war für mich mein Haarschnitt. Ich hasste meine kurzen Haare. Selbst als erwachsene Frau, als die Haare grau, dünn und spröde wurden, hatte ich Schwierigkeiten mich von meinen langen Haaren zu trennen. Zu sehr assoziierte ich damit die Vorstellung des bedingungslosen Gehorsams, des Drills, der Abhängigkeit und der Wehrlosigkeit gegenüber meiner Mutter.

In meiner Kindheit trugen viele Frauen Kurzhaarfrisuren, in Wasserwellen gelegt. Meine Mutter ging jeden Freitag zu ihrer Friseuse, um diesen Trend mitzutragen und alle zwei Monate musste ich sie begleiten. Wenn es wieder an der Zeit war, versuchte ich ihre Rufe zu ignorieren, so zu tun, als hätte ich sie nicht gehört. Aber überhören war im Prinzip unmöglich, viel zu eindringlich waren ihre Rufe. Nachbarn hätten mich aufmerksam gemacht: „Hanne, deine Mutter sucht dich." Die Hoffnung, dass sie ohne mich losziehen würde, gab ich spätestens nach dem dritten Mal Rufen auf, zu sehr fürchtete ich beim Nichterscheinen die Konsequenzen meiner Mutter. Und so begleitete ich sie jedes Mal mit eingezogenem Kopf zu meiner Entweiblichung.

Der kleine Friseurladen war fünf Gehminuten von uns entfernt, lag an der Hauptstraße gleich neben der Dorfbäckerei.

Zuerst wurden meiner Mutter die Haare geschnitten und anschließend auf kleine Lockenwickler gedreht. Wenn sie unter die Trockenhaube geschoben wurde, wandte sich die hässliche, dürre Friseurin an mich. „Na, Hanne, schauen wir mal, was ich für dich tun kann", lachte sie dabei gruselig, mit ihrer tiefen Männerstimme. Oft hatte sie eine Zigarette im Mundwinkel, während sie mit ihren ledrig braunen, mit unzähligen Goldringen behafteten Fingern in mein Haar griff. Dann fuhr sie mir mit der Haarschneidemaschine vom Nacken beginnend über meinen Hinterkopf entlang. Ich saß im viel zu großen Friseursessel mit geschlossenen, tränengefüllten Augen und einem blutenden Mädchenherz. Ich spürte, wie sich die Schneidezähne ihren Weg an meiner Kopfhaut entlang bahnten. Das Singsang-Geräusch der Maschine, das Kitzeln auf meiner Kopfhaut verursachten in meinem gesamten Körper Wellen des Entsetzens. Für mich war der Friseursalon ein Ort des Grauens, die Friseurin das Monster, die, dessen war ich mir sicher, in der Lage war, Kindern nicht nur die Haare, sondern auf Anweisung auch den Kopf abzuschneiden.

Je öfter mir die Haare geschoren wurden, umso stärker manifestierte sich meine Einstellung, dass schöne Frauen lange Haare haben mussten. Das Aussehen meiner Mutter bestätigte meine These. Die akkurate Anordnung der einzelnen, kurzen Haarlocken auf ihrem Kopf unterstrichen ihre harten Gesichtszüge, sie signalisierten die Disziplin, die sie selbst lebte und die sie auch von allen anderen in der Familie einforderte.

Für mich sah meine Mutter genauso aus, wie sie war, hart und unnachgiebig. Ich fand, dass sie regelrecht hässlich aussah. Sie hatte so überhaupt nichts Liebes, Weibliches, Warmes, Weiches an sich. Ich schämte mich für ihr Aussehen. Sie trug eine dicke Krankenkassenbrille und ihre Vorderzähne sahen aus wie die von einem Nagetier. Außer einem rotbraunen Lippenstift, den sie nur an Weihnachten oder zu sonstigen besonderen Anlässen auftrug, verwendete sie niemals Makeup. Ihre Hände waren rau und spröde von der Arbeit, ihre Fingernägel abgebrochen. Und vor allem fand ich ihre Art und Weise, wie sie mit Menschen umging hässlich.

Meine Mutter hatte ein sehr lautes Organ, selbst wenn sie normal sprach oder lachte. Ihre Stimmfarbe war dunkel, grob und derb. Sie legte keinen Wert darauf, bei anderen beliebt zu sein. Ihr Tag war streng strukturiert, sie arbeitete hart von früh bis spät, alle mussten ihren Plänen folgen. Sie dogmatisierte ihre eigenen Ansichten und sie legte sich mit jedem an, der ihr dabei in die Quere kam.

Menschen aus unserem Ort, die mehr als wir hatten, also mehr als 90 Prozent der Einwohner Fonsdorfs, waren in den Augen meiner Mutter *großkopfert*. So nannte sie Leute, die sie für eingebildet hielt, und natürlich waren sie allesamt Gauner, die ihr Geld nicht redlich verdient haben konnten. Frauen, die zeigten, dass sie sich in ihrer Haut wohl fühlten, waren in den Augen meiner Mutter *nichtsnutzige* Huren. Der Rest der Gemeinde, Idioten. Ich wusste damals nicht, was eine Hure ist. Ich ahnte, dass es ein böses Schimpfwort sein musste, nur meine Mutter sagte dieses Wort. Weder mein Vater noch mein älterer Bruder widersprachen ihr jemals. Wenn meine Mutter sagte, dass jemand eine Hure sei, dann stimmte es auch.

Zu mir sagte sie als kleines Kind oft, du siehst aus wie eine Zigeunerin. Dass auch Zigeunerin ein Schimpfwort ist wusste ich nicht, im Gegenteil, ich freute mich, wenn sie mich so nannte. Ich assoziierte mit dieser Bezeichnung schöne Frauen mit langen schwarzen Haaren, in weiten Röcken, die Männer durch ihren Tanz verrückt machten; so wie ich sie in manchen Mantel- und Degenfilmen sah.

Die Nachbarn mieden allesamt den Kontakt zu meiner Mutter. Jeder wusste, dass sie sich leicht provoziert fühlte. Es wurde freundlich gegrüßt, und wenn möglich, ein weiter Bogen um sie gemacht. Keiner wollte meiner Mutter Anlass geben, sich aufzregen zu müssen. Sie war so etwas wie eine selbsternannte Hausmeisterin.

Unsere Wohnung befand sich im dritten und somit letzten Trakt des zweistöckigen Gemeindebaus, im Parterre. Und da meine Mutter eine unsichtbare Macht über die anderen Hausbewohner besaß, war es nur logisch, dass sie den gesamten Grünbereich, der ums Haus führte zu ihrem alleinigen Besitztum erhob. Im Sommer stellte sie ihre weißen Plastikgartenmöbel auf. Ihre Liege platzierte sie unter einem der drei Zwetschgenbäumchen, um dort, bei schönem Wetter ihr Mittagsschläfchen zu halten.

Auch reichte meiner Mutter der für unsere Wohnung zugeteilte Wäscheplatz nicht. Sie ließ in die Grünfläche hinter dem Haus zwei Extraholzpfosten in den Rasen rammen und spannte eine zusätzliche Wäscheleine. Niemand im Haus hatte etwas dagegen und alle konnten sehen, dass ihre weiße Wäsche, die weißeste vom ganzen Haus, wenn nicht sogar vom ganzen Ort war.

Sogar die Waschküche, die eigentlich für die Benutzung aller Mieter in unserem Trakt vorgesehen war, benutzte ausschließlich meine Mutter. Unser Badezimmer war ohnehin zu klein und deswegen fanden Waschmaschine und Schleuder in der Waschküche Platz. Auch konnte der 60 Liter fassende Warmwasserboiler nicht genügend Badewasser für unsere Familie produzieren. Meine Mutter machte im Kupferkessel in der Waschküche das Wasser heiß, Christoph schleppte das kochend heiße Wasser in zwei Plastikeimern über die Kellerstufen in unser Badezimmer. Zwei Mal die Woche war für mich Badetag. Bis zu meinem zehnten Lebensjahr musste ich zusammen mit meinem kleinen Bruder Ferdinand in die Wanne. Ich hasste es, ich mochte meinen kleinen Bruder nicht.

Selbst wenn meine Mutter ausschließlich Kleider und Röcke trug, hatte mein Vater zu Hause nicht die Hosen an. Er hatte, zumindest während meiner Kindheit, den weichen, liebevollen Part über. Seine Aufgabe war es in erster Linie sein kleines Gehalt, das er als Arbeiter verdiente, bei meiner Mutter abzuliefern. Pünktlich, jeden ersten und fünfzehnten des Monats überreichte er ihr seinen Gehaltsscheck. Sie gab ihm davon ein Taschengeld, über das er frei verfügen durfte. Es war lumpig. Meine Mutter war der Ansicht, dass mein Vater nicht mehr Geld brauche, da er es ohnehin nur sinnlos ins Wirtshaus tragen würde. Ich hatte jedes Mal den Eindruck, dass mein Vater sein Geld sehr gerne ablieferte. Er war stolz darauf, der Ernährer zu sein, es wäre für ihn undenkbar gewesen, wenn meine Mutter auch arbeiten gegangen wäre. Bei uns zu Hause herrschte das klassische Rollenbild. Der Mann verdiente das Geld, selbst wenn es hinten und vorne nicht reichte, die Frau kümmerte sich um den Haushalt und zog die Kinder groß. Wenn mein Vater hundemüde von der Arbeit nach Hause kam, stand das Essen bereits auf dem Tisch.

Mein Vater bezahlte von seinem Taschengeld seine wöchentlichen Toto- und Lottoscheine und hoffte jeden Sonntag inständig darauf, einen Volltreffer zu landen. Den Rest des Geldes sparte er zusammen und kaufte damit meiner Mutter anlässlich ihres Geburtstages ein Schmuckstück und das obwohl meine Mutter keinen Schmuck mochte. Für gewöhnlich nahm sie das Geschenk entgegen, bedankte sich bei meinem Vater mit einem Küsschen auf die Wange und legte das neue Schmuckstück zu den anderen, in eine große, goldfarbene aus Plastik gefertigte Schmuckschatulle.

Mein Vater war froh darüber, eine so starke und tüchtige Frau zu haben. Es entging ihm nicht, dass alles immer seine Ordnung hatte. Die Wohnung war sauber, das Essen stand pünktlich auf dem Tisch, die Kleidung war immer tadellos, wenn auch manchmal geflickt. Die Schuhe waren stets frisch geputzt. Wie tüchtig die Mami doch ist, sagte er immer wieder und tätschelte ihr dabei den Hintern.

Und ich liebte meinen Vater. In meiner Kindheit war er meine Bezugsperson und federte so manche Grobheiten, die meine Mutter mir antat, ab. Er hatte wunderschöne, funkelnde Augen und meist ein verschmitztes Lächeln auf seinen Lippen. Ich war Papas Liebling. Ich durfte mir bei ihm alles erlauben, selbst wenn er auf der Couch sein Mittagsschläfchen hielt, und ich dabei seine Haare durcheinanderwuselte, musste er lachen und das obwohl er seiner dünnen Haarpracht sehr viel Aufmerksamkeit schenkte. Er kämmte seine seitlichen, langen, sehr wenigen Haare von links nach rechts über die Stirn, fixierte sie mit viel Haarspray und versuchte so, seine sehr hohe Stirn abzudecken.

Mein Vater unternahm nach seiner Arbeit und an den Wochenenden sehr viel mit uns Kindern. Im Winter zog er mich, auf meinem Schlitten sitzend, stundenlang durch die verschneite Gegend, und im Sommer spielte er nach der Arbeit mit mir Federball. Ich kann mich erinnern wie beeindruckt er war von meinem Willen jeden Ball zu ergattern. Er kicherte, wenn ich mich theatralisch zu Boden warf und den Federball doch noch zurückschlug bevor er auf der Erde aufkam. Ich zählte dabei die Hin- und Herflüge des Federballs laut mit. Nicht selten schafften wir 60x hin und her.

An den Sonntagnachmittagen waren wir Kinder bei jeder Jahreszeit und so gut wie bei jedem Wetter, mit unserem Vater unterwegs. Meine Mutter wollte das so, damit sie wenigstens für ein paar Stunden in der Woche ihre Ruhe hatte. Und so marschierten wir zu viert in den Wald. Es gab immer etwas zu pflücken und zu sammeln. Jede Jahreszeit brachte ihre Blumen hervor. Schneerosen waren die ersten im Jahr, danach wuchsen Veilchen, Himmelschlüsselblumen, Hänsel und Gretel. Mein Vater arrangierte die Blumen mit etwas Immergrün, das meine Mutter so mochte, zu liebevollen Sträußchen und brachte sie meiner Mutter. Wir Kinder pflückten nie Blumen für sie. Ich hatte auch jedes Mal den Eindruck, dass mein Vater sich viel mehr über die Blumen freute, als meine Mutter es tat. Mein Vater erhoffte sich wohl ein freundliches Lächeln und einen zarten Kuss auf die Wange, stattdessen bekam er ein knappes „Danke" und die Feststellung: „Ihr seid schon wieder zurück?!"

Selbst im Hochsommer mussten wir mit in den Wald, zum Beeren sammeln. Ich hasste es. Viel lieber hätte ich mit meinen Freundinnen vor dem Haus, in unseren aus Decken selbst gebauten Zelten, mit Barbiepuppen gespielt. Aber meine Mutter befahl, also musste ich.

Die im Wald wachsenden Himbeeren wurden von dickem Dornengestrüpp bewacht. Wir wurden von Gelsen und anderen Fluginsekten regelrecht attackiert, aber mein Vater ließ sich nicht abhalten, bahnte uns unbeirrt und willensstark einen Weg durch das Dickicht. Stoppen konnte ihn lediglich eine Schlange. Vor Schlangen hatte mein Vater nämlich panische Angst. Auch wenn von den bei uns vorkommenden Tierchen keine Gefahr ausging, fürchtete er sich mehr vor den Schlangen als umgekehrt, oder wollte es uns Kindern zumindest glaubhaft machen. Wenn eine Schlange unseren Weg kreuzte, machte er jedes Mal einen Riesensatz zur Seite und kreischte dabei, ungefähr so, wie der Elefant im Zeichentrickfilm, wenn er eine Maus sieht.

Bis zu 20 Liter Himbeeren sammelten wir in manchen Sommermonaten. Meine Mutter fror sie ein und zu besonderen Anlässen machte sie daraus *Heiße Liebe*, eine Nachspeise, bei der Vanilleeis mit pürierten, gezuckerten heißen Himbeeren serviert wird. Das Aroma war unvergleichlich.

Im Herbst zog mein Vater mit uns durch die Wälder, mit einem Haselnussstecken bewaffnet. Er brauchte ihn für die Pilzjagd. Mein Vater kannte die besten Plätze in der Gegend und wir Kinder wurden zu absolutem Stillschweigen verpflichtet. Niemandem aus dem Ort durften wir verraten, wo die Pilze standen. Die Gefahr, dass die Pilzplätze von den gemeinen Einheimischen geplündert und dem Erdboden gleichgemacht worden wären, war viel zu groß. Sobald mein Vater einen Pilz gesichtet hatte, befahl er uns Kindern vorsichtig ein paar Schritte rückwärts zu machen, darauf achtend wohin wir unsere Füße setzten. Und nun fuhr er mit dem Stecken wie mit einem Zauberstab am Waldboden entlang und holte einen Pilz nach dem anderen unter dem Laub hervor. Er lachte dabei, er konnte sein Glück kaum fassen.

An solchen Tagen musste er nach dem Waldspaziergang noch einmal, allein, ohne uns Kinder, losziehen. Er lieferte die erntefrischen Pilze beim Gasthof Ramshofer ab. Niemals wäre mein Vater sonst in diesem Edelgasthof eingekehrt. Der Besitzer des Haubenlokals schrieb sogleich auf die vor dem Lokal stehende Menütafel: „Heute frische Parasole" – oder je nachdem welche Sorte mein Vater gerade ablieferte. Mein Vater kehrte in diesem Lokal ein und erzählte seine abenteuerlichen Geschichten im feinsten Jägerlatein, ohne dabei nähere Angaben zum Fundort der Pilze preiszugeben.

Neben den Waldspaziergängen und der Gartenarbeit liebte mein Vater vor allem das Spiel auf seinem Flügelhorn. In meinen

Augen war er ein Virtuose. Niemand aus dem örtlichen Blasmusikverein beherrschte sein Instrument wie mein Vater. Deswegen war auch er es, der nach der Christmette von der Kirchturmspitze aus feierliche Töne aus seinem Flügelhorn auf die Kirchgänger hinabschickte, die gerührt und andächtig auf dem Friedhofsgelände seinem Spiel lauschten.

Meine Mutter war nie unter den Zuhörern. Sie interessiere dieser Blödsinn nicht, wie sie immer sagte. Sie war auch sonst nie dabei, wenn es in Fonsdorf etwas zu feiern gab. Meine Mutter beteiligte sich nicht am gesellschaftlichen Leben. Da sie selbst auch nie zur Kirche ging, mussten weder ich noch meine Brüder den Gottesdienst besuchen, was zur damaligen Zeit am Land unüblich war. Meine Mutter glaubte zwar an die Heilige Maria Mutter Gottes, sie vertrat aber die Meinung, dass alle Kirchgänger nur scheinheilig seien und nur aus einem Grund in die Kirche gehen würden, nämlich um zu zeigen, was sie hatten. Aber sie verbot es mir auch nicht, allein hinzugehen.

Die Kirche war nur fünf Gehminuten von uns entfernt, ich musste durch den Kinderspielplatz und die Hauptstraße queren. Ich besuchte nur im Winter hin und wieder die Sonntagsmesse. Im Sommer hatte ich keine Zeit. Meist war die Kirche so voll, dass ich keinen Sitzplatz bekam. Dann verschwand ich zwischen den alten Leuten, die doppelt so groß wie ich waren. Ich mochte die Optik auf halber Höhe, dabei konnte ich die Menschen ungestört beobachten. Niemand schien mich halbe Portion wahrzunehmen, dafür trugen sie ihre Köpfe viel zu hoch. Es war kalt, es roch nach Weihrauch vermischt mit dem Geruch von Wollwintermänteln und alten Leuten. Ich mochte es, mitten unter den Fremden, dem Pfarrer und der Kirchenorgel zu lauschen. Manchmal, wenn ich doch einen Platz in den hinteren Holzbankreihen bekam, beobachtete ich die Bauersfrauen, wie sie während des Gebetes mit dem Rosenkranz in ihren Händen spielten und dabei monoton ein Gebet herunterleierten, ein paarmal hintereinander immer im gleichen Singsang. Heilige Maria, Mutter Gottes, bete für uns Sünder....Ich murmelte sehr leise, textunsicher mit. Wenn die Gemeinde sich zum Singen erhob, übertönte ich meine Sitznachbarn, denn singen konnte ich. Ich glaubte an den lieben Gott und liebte ihn. Und ich mochte die Atmosphäre in der Kirche. Die riesigen Heiligenfiguren an den Wänden, die wunderschönen Bleiglasfenster, die durch ihre Tönung das einfallende Licht azurblau färbten, die hohe bemalte Decke, selbst die kalten, harten Sitzbänke, mochte ich.

Als Kind war der Winter meine Lieblingsjahreszeit und der war streng, damals. In unserem Ort wurde kein Salz auf den Straßen gestreut, und alle Kinder vom Dorf waren an den Wochenenden am Hadlberg mit ihren Wintergeräten unterwegs. Der kleine Hang hatte für alle Könnergruppen etwas zu bieten. Natürlich gab es keinen Lift. Man musste schon immer wieder zu Fuß raufstapfen, wollte man den Berg ein paar Mal talwärts huschen. Es gab sogar einen Streckenabschnitt, der von uns Kindern nicht ohne Grund, Todeshang genannt wurde.

Nur die mutigsten Burschen trauten sich mit ihren Skiern diesen steilen Streckenabschnitt Schuss zu fahren. Mich kostete es immer eine riesige Überwindung mich auf meinem Schlitten hinunterzustürzen, aber meistens war ich so todesmutig, schließlich wollte ich ja auch zeigen, und mir selbst beweisen, dass ich zu den wildesten Kindern des Ortes gehörte.

Leider ließ mein Kleidungsstil dies nicht vermuten, ganz im Gegenteil: Kleidungstechnisch gehörte ich definitiv zu den uncoolsten Kindern des ganzen Ortes und das schmerzte mich sehr.

Ich fand, dass selbst die Kinder vom Bauern Obermeier, in ihrer verdreckten Kleidung nicht schlimmer aussahen als ich.

Hauptsache warm war die Devise, und so steckte mich meine Mutter in einen dreckig graugrünkarierten, dicken Wollmantel, in dem ich aussah, als sei ich schwer übergewichtig. Der so dickgefüttert und eng war, dass ich mich darin wie ein Astronaut in der Stratosphäre bewegte. Dann nicht dazupassende blitzblaue Moonboots, und als ob das alles nicht schon schlimm genug gewesen wäre, krönte mein Haupt eine weiße Kunsthaar Haube, die aussah wie eine Riesenschneekugel. Frieren konnte ich in diesem Outfit definitiv nicht, mich darin wohlfühlen noch weniger.

Zu den aufregenden Momenten in meiner Kindheit gehörte der Besuch des Pfarrers im Nikolokostüm, in Begleitung seiner zwei schlimmen Gesellen. Ich fürchtete mich und war gleichzeitig von ihnen fasziniert, in ihren zottigen, groben Kostümen und schaurigen Larven, wenn sie mit der Rute bedrohlich herumfuchtelten und mit ihren Ketten rasselten. Die nur darauf zu warten schienen, vom Nikolo den Befehl zu bekommen, uns ein paar Hiebe zu versetzen.

Ich war mir nie sicher, ob sich nicht Christoph hinter einer dieser hässlichen Larven versteckte, jedenfalls war er nie an der Seite von Ferdinand und mir, wenn der Nikolaus aus seinem großen, dicken Buch vorlas, in dem alles über mich stand, alles was ich Gutes und weniger Gutes das Jahr über gemacht hatte. Zum Glück las er nie wirklich schlimme Sachen über mich daraus laut vor. Ich hatte öfter Angst, dass meine Mutter Dinge erfahren könnte, die ich bis dahin erfolgreich vor ihr verbergen konnte. Und so blieben mir Schläge erspart und es reichte, dass ich statt dem vom Nikolo verlangten Gedicht, jedes Jahr das Abendgebet vom Jesu Kindlein runterleierte, um ein Papiersäckchen gefüllt mit Mandarinen, Erdnüssen und Schokolade zu bekommen.

Der schönste Tag im ganzen Jahr war aber der 24. Dezember. Mein Vater bestand darauf, dass an diesem einen Tag im Jahr weder gestritten oder geflucht werden, noch ein böses Wort fallen durfte. Die Wohnung war spärlich mit einigen Tannenzweigen, die hinter Bilderrahmen und dem Heiligenkreuz, das über der Wohnzimmertür hing, geschmückt. Der Tagesrhythmus unterlag einem immer gleichen Zeremoniell.

Während des gemeinsamen Frühstücks brannten alle vier Kerzen am schmucklosen Adventkranz. An diesem besonderen Tag schaltete mein Vater schon frühmorgens das Radio ein, und suchte den Sender, bei dem Weihnachtslieder nonstop gespielt wurden. Tagsüber herrschte geschäftiges, aber trotzdem feierliches Treiben. Meine Mutter war den ganzen Tag über in der Küche beschäftigt, während mein Vater mit dem Christkind zusammen im abgesperrten Wohnzimmer, den Baum aufputzte. Mein Vater ermahnte uns immer wieder ruhig zu sein, um bloß nicht das Christkind zu verschrecken. Natürlich war ich mucksmäuschenstill und horchte im Nebenraum gespannt, ob irgendwelche Geräusche aus dem Wohnzimmer zu mir drangen.

Den ganzen Tag über war ich aufgeregt, voll feierlicher Anspannung, bis es endlich pünktlich um 17.00 Uhr das Festmahl gab. Meine Eltern und Christoph bekamen panierten Karpfen, Ferdinand und ich Hühnchen. Mir war das recht, denn ich mochte zwar Fisch, hatte aber Angst, dass mir beim Essen eine Gräte im Hals stecken bleiben könnte.

Nach dem gemeinsamen Abendessen mussten wir warten, bis meine Mutter mit dem Abwasch fertig war und sich umgezogen hatte. Jeder von uns musste seine besten Sachen tragen, auch darauf bestand mein Vater.

Unsere Eltern betraten vor uns Kindern das Wohnzimmer und zündeten die Kerzen am Baum an, dann endlich durften wir folgen. Ich stand mit offenem Mund vor dem Baum, so schön war er. Meist war es eine Fichte, die mit bunten Glaskugeln, Strohsternen, Windgebäck und viel Schokoladechristbaumschmuck behängt wurde. Manchmal war der Christbaum sogar unter einer zarten Schneedecke, die mein Vater mit dem Inhalt einer Kunstschneespraydose gezaubert hatte.

Mein Vater zündete Spritzsterne an, wir sangen gemeinsam Weihnachtslieder. Danach ging es ans Geschenkeverteilen. Mein Vater holte die Päckchen einzeln unter dem Baum hervor und las die Namen vor, die am Schildchen standen. Er ließ sich ganz besonders viel Zeit und versuchte durch Greifen und Schütteln der Päckchen zu erraten, was sich unter der Verpackung befinden könnte.

Mir war es egal, was ich geschenkt bekam. Ich freute mich über die Stimmung, die an diesem Tag bei uns zu Hause herrschte. Ich freute mich, wie schön wir alle aussahen und ich liebte die einzigartige Duftkomposition aus Kerzen und Tannenreisig, gemischt mit dem süßen Duft des Schokoladechristbaumschmucks, den bunten Baiserringen und einem Hauch Kunstschneeduft.

Mein Vater war an diesem Tag immer vergnügt, meine Mutter halbwegs entspannt. Und nach der Bescherung kamen meine Halbschwester Gisel mit ihrem Mann und mein Halbbruder Fritz mit seiner Frau. Die Erwachsenen saßen zusammen und unterhielten sich. Ich hörte ihren Geschichten überaus gespannt und fasziniert zu.

KAPITEL 4

Einen Großereignistag im Jahr gab es im Herbst. Und zwar war das der Tag, an dem eine Sau abgestochen wurde. Es war jenes Schweinchen, welches zum Teil mit unseren eigenen Küchenabfällen aufgezogen wurde. Der Bauer Obermeier, bei dem das Tier lebte, mischte noch Getreide, Heu und Stroh unter den Krafttrank.

Man sagte zwar immer Sauabstechen, aber getötet wurde das Tier mit einem Schlachtschussapparat. Wie genau das Ganze vonstattenging interessierte mich damals, als kleines Mädchen, nicht im Geringsten. Ich wollte mir diese Szene in meiner Fantasie nicht vorstellen. Es war jedenfalls die Aufgabe meiner Mutter das arme Schwein zu töten und zu zerteilen.

Das Tier hatte um die 120 Kilo. Der Schweinepreis variierte, lag meist um die 25 bis 30 Schillinge je Kilo. Das heißt, die Mutter musste dem Bauer für die Sau ungefähr 3000 Schilling, das sind heute 220 Euro, bezahlen.

Meine Mutter zerlegte das Schwein in seine Einzelteile. Sie sägte, hackte und schnitt, besser als jeder Fleischhauer. Alles, von der Schweinehaut bis zum Schweineohr wurde verarbeitet. Die einzelnen Fleischstücke zerteilte sie auf handliche, kochfertige Größen, verpackte sie in Plastiksäckchen, beschriftete diese und verfrachtete sie anschließend, so schnell wie möglich, in die Tiefkühltruhe. Aus dem fetten Schweinebauch machte sie Bratwürste, andere Fleischteile bereitete sie für die Selchkammer vor.

Das Rauchfleisch musste wochenlang in der Räucherkammer beim Bauern hängen, eh es zum Verzehr geeignet war. Der Termin des Sauabstechens wurde immer so gewählt, dass mein Vater seinen frischen Speck und das Selchfleisch pünktlich zu den Weihnachtsfeiertagen bekam.

Die Mutter war stundenlang allein damit beschäftigt, dicke Speckschichten in kleine Würfel zu schneiden. Die Speckwürfel erhitzte sie in einer Pfanne und rührte so lange bis nur noch braune Grammeln übrigblieben, das dabei entstandene flüssige Fett füllte sie in Behälter.

Die Grammeln wurden portionsweise konserviert, und nach einigen Tagen des Abkühlens wurde schließlich auch das Schweineschmalz schneeweiß und makellos.

Ich hielt den Gestank, der beim Fettauskochen entstand, nicht aus. Es war ekelhaft. Dennoch beeindruckte mich meine Mutter wie sie das alles im Alleingang stemmte. Selbst wog sie keine 60 Kilo, das Tier war doppelt so schwer. Auch war ich fasziniert von den anatomischen Kenntnissen, die meine Mutter über das Schwein besaß. Präzise wie ein Chirurg zerlegte sie das Tier. Sie holte die Lunge raus, aus der sie irgendwann ein Beuschel mit Semmelknödel machen würde. Schnitt den Wadschinken aus dem Tier, würfelte ihn, um uns irgendwann daraus ein Schweine- oder Szegediner Gulasch bereiten zu können.

Keiner ging ihr zur Hand, auch nicht mein älterer Bruder Christoph, der sonst meiner Mutter half, wo er nur konnte. Es war auch kein Hindenken, dass mein Vater dieser Herausforderung nur ansatzweise gewachsen gewesen wäre. Meine Mutter wollte das so, sie wusste genau, wann wie was zu geschehen hatte. Sie funktionierte wie eine Maschine. Jede Hilfe wäre für sie eine Belastung gewesen. Jeder wäre ihr nur im Weg gestanden. Man durfte sie auch nicht anreden, sie war für niemanden da.

Nur sie und das Tier, welches sie frühmorgens als Ganzes tötete und das spät in der Nacht, portioniert in seine Einzelteile, in diversen Lagerstätten ruhte.

Das Schweineschmalz wurde spätestens jeden dritten Sonntag im Monat, nämlich immer dann, wenn es panierte Schweineschnitzel gab, zum Herausbacken verwendet. Sonntags durfte mein Vater meine Mutter in der Küche unterstützen. Die beiden waren in der winzigen Kochnische ein eingespieltes Team. Meine Mutter war für die Suppe und den Braten zuständig. Mein Vater war der Salatmeister. Es gab immer mindestens vier verschiedene Salate aus dem eigenen Garten, selbstverständlich in Bio-Qualität. Ich kenne diesen Ausdruck seit meinem siebten Lebensjahr, mein Vater vergaß nie, darauf hinzuweisen, dass unsere Salate und Kartoffeln, ausschließlich biologisch von ihm aufgezogen wurden.

An den Sonntagen zur Mittagszeit drehte sich am Plattenteller entweder eine LP von Nini Russo, die Zauberflöte oder Lale Anderson, die ihr Lilli Marleen trällerte. Wenn ich Pech hatte, hörte mein Vater Volksmusik vom Regionalradiosender. Auch das durfte er entscheiden. Pünktlich um 11.15 Uhr gab es Mittagessen. Bei Tisch durften wir Kinder nicht sprechen. Es wurden keine Geschichten erzählt, es wurde nicht gelacht. Wenn sich jemand unterhielt, dann ausschließlich die Eltern und auch diese Dialoge drehten sich lediglich ums Essen. Nachschlag gab es keinen, es gab ja genügend Beilagen, sodass jeder satt zu werden hatte. Auch musste immer alles aufgegessen werden. Den Tisch durften wir erst verlassen, wenn alle mit dem Essen fertig waren.

Tisch abräumen und Geschirrabwaschen war wieder alleinige Aufgabe meiner Mutter. Meine Aufgabe war es, den Trankkübel zum Bauernhof Obermeier zu bringen. Der Kreislauf schloss sich. Ich brachte dem Schweinchen das Futter, welches spätestens in einem Jahr auf unserem Tisch als Sonntagsschnitzel landen würde.

Der kleine Plastikkübel hatte keinen Deckel, und in diesem Kübel wurden nicht nur Obstabfälle, sondern auch Fleischreste inklusive Knochen gesammelt, die sich mit dem Rest der Küchenabfälle zu einer stinkenden Brühe vereinten. Es wurden die Essens- und Küchenreste von Samstag und Sonntag zusammengesammelt. Der fast bis zum Rand gefüllte Kübel stank nicht nur fürchterlich, sondern war mir auch viel zu schwer. Die Last des Kübels krümmte beim Gehen meine Wirbelsäule. Ich musste mehrmals auf dem Weg zum Bauernhof stehenbleiben, weil sich der Tragereif aus Metall in meine kleine Handfläche quetschte. Ich wechselte immer wieder die Hand, ich musste langsam gehen, mich darauf konzentrieren, dass der Kübel nicht an meine Wade streifte und der Inhalt überschwappte. Dabei blieb mir genügend Zeit, um mich zu schämen und ich hoffte jedes Mal inständig auf dem Weg zum Bauernhof niemandem zu begegnen.

Der Fußmarsch führte durch den Kinderspielplatz über die Hauptstraße, den Dorfplatz und an der Friedhofsmauer entlang.

Endlich beim Bauernhof angelangt, war für mich der schwerste Teil der Arbeit noch nicht erledigt. Die Herausforderung begann bereits beim Drücken des Türgriffs, der meist mit einer dicken Dreckkruste überzogen war. Ich benutzte dabei so wenige Finger wie möglich. Beim Betreten des Vorraumes schlug mir jedes Mal ein Schwall stechenden Gestanks entgegen. Ich kniff die Augen zusammen und versuchte so flach und wenig wie möglich zu atmen.

Dieser Raum war nie geheizt, er führte in den Innenhof des Vierkanters und zur Wohnstube. Der Bauer hatte nicht nur Schweine, sondern auch Hühner in Legebatterien. Und es tummelten sich unzählige Katzen, die sich selbst mit Ratten und Mäusen versorgen konnten, die es dort ganz sicher zur Genüge gab.

Der Wohnraum war zwar im Winter warm, dennoch wirkte er nicht gemütlich, denn der Gestank wurde in diesem Raum nicht weniger, sondern es mischte sich zum beißend, stechenden Hühnerkackemief süßlicher Küchengeruch.

Im Sommer schwirrten und saßen überall fette Fleischfliegen oder klebten auf dem von der Decke hängenden, gelben Fliegenfänger. Egal, zu welcher Jahreszeit ich kam, es war immer schrecklich. Ich musste mich jedes Mal konzentrieren, um den aufsteigenden Brechreiz zu unterdrücken.

Die Menschen waren zwar nett, aber sie waren sehr schmutzig. Sie trugen schwarze bis zu den Knien reichende Gummistiefel und sie rochen wie das Haus. Die Frauen trugen alte, verdreckte Kleiderschürzen und der Bauer eine blaue Arbeitskluft.

Der Dreck war überall. Auf dem Holzherd standen verkrustete, dampfende Kochtöpfe. Der riesige eckige Esstisch war über und über mit Tellern, Gläsern, Zeitungen und angeknabbertem Essen angeräumt. Quer durch den Raum war eine Wäscheleine gespannt, auf der ein paar Geschirrtücher und andere Fetzen hingen.

Meist saß die alte Bäuerin in der Stube. Sie kannte meinen Namen und grüßte mich freundlich, dabei gab ihre Mundhöhle die letzten Zahnstumpen frei. Auch ich rang mir, so freundlich wie ich nur konnte mit einem verbissenen Lächeln, ein wohlerzogenes „Grüß Gott" ab.

Die alte Frau verschwand jedes Mal mit dem Trankkübel und kam nach einer kurzen Zeit mit dem leeren Kübel wieder zurück. Sie füllte etwas Wasser ein und reinigte die Kübelinnenfläche mit ihrer bloßen Hand. Den wässrigen Dreck schüttete sie in den Gully, der im Steinboden des Vorraumes eingelassen war. Ich war jedes Mal entsetzt und fasziniert zugleich von diesem Schauspiel.

Auch wenn ich bei der Verabschiedung der Bäuerin meine Hand nicht geben wollte, war meine Freundlichkeit an dieser Stelle nie gespielt. Ich freute mich von ganzem Herzen, gleich wieder an der frischen Luft zu sein. Erst ein paar Meter vom Bauernhaus entfernt, sog ich ganz tief Luft ein.

KAPITEL 5

Im Gegensatz zu meinem kleinen Bruder Ferdinand, der mich nur nervte, liebte ich meinen um zwei Jahre älteren Bruder Christoph von klein auf. Ich suchte seine Nähe und war deshalb ab dem Zeitpunkt, als Christoph in der örtlichen Schülerfußballmannschaft zu spielen begann, regelmäßig bei den Trainings und den Spielen als Zuseherin am Fußballplatz. Seine Position war von Beginn an linker Verteidiger. Er war ein verbissener Kämpfer, ging wie ein Stier, mit dem Kopf voran in die Zweikämpfe. Er war sehr antrittsstark, sein Spiel körperbetont.

Die Anlage war gleich neben unserem Wohnhaus und damals noch nicht eingezäunt. Wir konnten, wann immer wir Lust hatten auf das Fußballfeld. Mein Bruder übte mit mir regelmäßig das Volleyschießen. Stundenlang standen wir uns auf dem Fußballfeld gegenüber, einige Meter auseinander. Die meisten seiner Pässe waren für mich schwer zu erreichen, das machte er absichtlich. Es amüsierte ihn enorm, wenn ich die Bälle nur mit Müh und Not in der Luft mit meinem Fuß noch irgendwie erwischte, dabei meist den Oberkörper nicht über den Ball halten konnte, und so gingen die Bälle links und rechts wie Raketen ab.

Aber nicht nur ich liebte es, wenn mein Bruder mit mir spielte, auch andere Kinder aus dem Ort suchten seine Nähe. Er verstand es schon als Junge, durch seine Art, sein Umfeld für sich einzunehmen.

Es war für ihn selbstverständlich, älteren Damen die Einkaufstasche nach Hause zu tragen, wie auch, sich mit anderen Burschen anzulegen, wenn er der Meinung war, dass er dadurch

Schwächere beschützen konnte. Genauso wies er jeden uner-
schrocken zurecht, wenn er die Ansicht vertrat, dass jemand im
Unrecht sei, nur gegen unsere Mutter traute er sich nicht aufzu-
begehren.

An den Samstagvormittagen half Christoph dem Bäcker Sepp
beim Brotausfahren. Dem Bäcker Sepp gehörte die kleine Dorfbäckerei Meierhuber, sein Brot war schon zu seinen Lebzeiten le-
gendär. Noch Jahre später, als ich von Fonsdorf weggezogen war,
sehnte ich mich nach seinem Gebäck. Bäcker Sepp hatte bei seiner Backstube einen kleinen Verkaufsladen dabei, aber an den
Samstagvormittagen fuhr er mit seinem, mit Brot vollgeladenen
VW-Bus durch ganz Fonsdorf, bis in die entlegensten Winkel. Einmal die Woche läutete Bäcker Sepp bei jedem an der Haustüre
und Christoph half ihm dabei, die Brotkörbe vom Auto zu den
Wohnungen und wieder retour zu tragen. So lernte ganz Fonsdorf den höflichen, hilfsbereiten und hübschen Jungen kennen.

Für Christoph war diese Arbeit immer ein sehr gutes Geschäft gewesen, denn nach getaner Arbeit fuhr Bäcker Sepp mit
ihm zum Wirt im Walde. Dieses Gasthaus hieß nicht nur so, sondern stand tatsächlich inmitten vieler Bäume. Christoph konnte
bei seinem Getränk zwischen Orangen-, Zitronen- oder Himbeer-
geschmack wählen, dazu bekam er ein Paar Frankfurter mit Senf
und Gebäck kredenzt. Obendrauf bekam er ein paar Schillinge
fürs Helfen und eine Brioche, oder einen Kaffeekuchen, je nachdem was von der Tour übriggeblieben war. So sorgte mein Bruder auch dafür, dass auf unserem Sonntagsfrühstückstisch regelmäßig eine Mehlspeise stand.

Meine Mutter kaufte Bäcker Sepp immer nur einen zwei Kilo
Laib Holzofenbrot ab. Leicht verbrannt, also eine schwarze Krus-

te musste er haben, so mochte ihn meine Mutter, und der Laib Brot musste für die ganze Woche für unsere Familie ausreichen.

Wenn es um die Verteilung von Sympathiepunkten meiner Mutter ging, konnte ich gegen Christoph nur abstinken. Zugegebenermaßen hätte ich ebenso wie Christoph sehen können, wo im Haushalt ich mit anpacken hätte können, wenn ich nur gewollt hätte, aber das tat ich nicht.

Ich dachte mir, dass ich ohnehin nie etwas richtig machte. Das brachte mir von meiner Mutter den Spitznamen „Schlamphans" ein und den Ruf, dass ich faul sei. Ich konnte gut damit leben und ich machte keine Anstalten, je etwas daran ändern zu wollen.

Meine Mutter arbeitete unermüdlich, ich kann mich nicht erinnern, dass sie, solange ich zu Hause lebte, auch nur einen einzigen Tag krank war.

Viele Stunden am Tag war sie mit der Wäsche beschäftigt und mit Kochen und Putzen. Es musste immer alles blitzsauber, immer alles tiptop sein. Sie funktionierte fast wie eine Maschine. Aber ich vermisste ihre Wärme. Als kleines Kind hatte ich furchtbare Angst vor nächtlichen Sommergewittern und versuchte zu ihr unter ihre Bettdecke zu kriechen. Ich wollte mich an ihren Busen kuscheln, wollte, dass sie mich beschützt, dass sie mich in ihre Arme nimmt. Aber sie herrschte mich nur an, sofort in mein Bett zurückzugehen. Ich kann mich nicht erinnern, dass mich meine Mutter jemals in die Arme genommen hätte. Niemals gab sie mir auch nur einen Kuss, niemals sagte sie mir, dass sie mich liebhabe. Sie war immer am Arbeiten, für Mutterliebe hatte sie keine Zeit.

Christoph ging meiner Mutter, so gut er konnte zur Hand. Irgendwie bewunderte ich ihn für seine Selbstlosigkeit, niemals beschwerte er sich über irgendetwas. Es war für ihn selbstverständlich, dass er nach dem Schulunterricht viele Arbeiten zu Hause übernahm. Er hackte Holz, half bei der Gartenarbeit, schaufelte Kohlen in den Keller, wenn sie geliefert wurden, ganz egal was anfiel, Christoph half.

Aufgestanden wurde bei uns jeden Tag um 5.00 Uhr morgens, egal ob Schule oder Ferien waren. Schließlich mussten fünf Menschen nacheinander ins Badezimmer, mein Vater den Bus um 6.00 Uhr erreichen und meine Mutter wollte zu bestimmten Tageszeiten mit bestimmten Hausarbeiten fertig sein. Und abends mussten wir Kinder bereits um 19.30 Uhr im Bett sein, ebenfalls unabhängig von den Jahreszeiten. Schließlich wollte meine Mutter auch irgendwann ihre Ruhe haben.

Im Sommer war es mir peinlich, wenn Kinder vor unserem Schlafzimmerfenster noch mit Ballspielen beschäftigt waren, während ich schon im Bett lag. Im Winter war es mir egal, da war es um diese Uhrzeit finster, keine Kinder mehr draußen. Im Winter war es gemütlich, so bald im Bett zu liegen und zu lesen. Bei uns zu Hause wurde viel gelesen und nur ganz selten ferngesehen.

Umso größer war der Schock für mich, als ich zu meinem neunten Geburtstag mein Geschenk am Frühstückstisch liegen sah. Es war nicht verpackt. Ich glaube, meine Mutter sagte nicht einmal *Alles Gute zum Geburtstag* zu mir. Sie lachte nur und meinte, dass es ein passendes Geschenk für mich sei, weil ich ja nie satt werden würde. Ich war fassungslos. Das Buch war ganz neu, also meine Mutter hatte wirklich Geld ausgegeben, um mir ein Geschenk zu kaufen. Meine Mutter schenkte mir tatsächlich zu meinem neunten Geburtstag *Die kleine Raupe Nimmersatt*; ein Buch für Babys.

Ich war fassungslos, tief enttäuscht und sehr traurig. Klar, dass wir keine typischen Mädchenbücher zu Hause hatten, wie *Fünf Freunde* oder irgendwelche Pferdebücher, die die meisten Mädchen in meiner Klasse lasen, das war mir völlig egal. Ich war keine ausgesprochene Pferdenärrin so wie meine Freundinnen, ich dachte, dass sie mir ohnehin zu langweilig seien. Schon lange las ich Erwachsenenbücher. Ich hatte bereits alle Abenteuerbücher von Hans Otto Meissner durch. Beim Lesen meines ersten Buches von Konsalik ging es mir allerdings nicht gut. Es kam eine Schwester Teufelchen vor und die machte in meinen damaligen Kinderaugen ganz arge sexuelle Sachen. Ich konnte damit nichts anfangen, es irritierte mich, machte mir sogar Angst. Für dieses Buch war ich sicherlich noch zu jung. Aber *Die Kleine Raupe Nimmersatt*?! Während des Kakaoschlürfens las ich das ganze Buch aus. Ich spürte an diesem Geburtstag ganz besonders, wie egal ich meiner Mutter sein musste.

KAPITEL 6

Im Sommer dieses Jahres lud mich meine Halbschwester Gisel ein, ein paar Wochen, bei ihr, ihrem Mann und meiner vierjährigen Nichte, einen Teil meiner Ferien zu verbringen. Meine Mutter war einverstanden, ich freute mich riesig.

Gisel war siebzehn, als sie schwanger wurde, von einem Mann, der schon mit einer anderen Frau ein Kind hatte. Und das, obwohl sie nicht einmal ihre langen Haare in der Öffentlichkeit offen tragen durfte, weil meine Mutter der Meinung war, dass so etwas nuttig aussehen würde. Zuhause herrschte damals der Ausnahmezustand. So etwas hatte sich meine Mutter nicht verdient. Ihre eigene Tochter eine Hure. Um die Schande halbwegs abzuwenden, musste der Kindsvater meine Schwester heiraten. Was er auch umgehend tat. Was für ein Glück für Gisel.

Meine Halbschwester wohnte mit ihrer kleinen Familie in einem riesigen Haus, mit eigenem Swimmingpool, einem kleinen Waldstück und einer Weidefläche auf der zwei Ponys lebten. Die kleinen Pferde waren ein Geschenk der Schwiegereltern für meine entzückende Nichte Marie. Auch wenn Marie mit ihren vier Jahren noch zu jung war, um zu reiten, so schwärmte sie doch von Pferden und ihre Großeltern mussten ihr diesen Wunsch erfüllen.

Sie verwöhnten das Mädchen nach Strich und Faden. Und in diesen Genuss sollte auch ich in diesen Wochen kommen. Ich war fasziniert von Gisel und von ihrem Leben. Ihr Mann arbeitete in der Tischlerei seines Vaters. Er war der Juniorchef. Sie hatten um die vierzig Angestellte. Zu mir verhielt er sich distanziert, das war mir auch recht, wusste ich doch nicht, wie ich mich ihm gegenüber verhalten sollte. Ich hatte ja zu meiner Halbschwester so gut wie keinen Kontakt und er war für mich ein völlig fremder Mann, der es immerhin erlaubte, dass ich mich für eine gewisse Zeit in seinen Alltag drängte. Jedenfalls war er ein sehr großzügiger Mann, der meiner Schwester ein Leben in Luxus ermöglichte.

Er hatte meiner Schwester ein teures Cabriolet gekauft, sie trug nur die neueste Mode und meine Schwester passte dort hin, als sei sie schon immer reich gewesen. Sie war wunderschön. Gisel sah für mich aus wie Marilyn Monroe, nur schlanker und eleganter.

Frau Abel, Gisels Schwiegermutter war so ganz anders als unsere Mutter. Sie war um die fünfzig Jahre alt, sie hatte edle Gesichtszüge, war stets elegant gekleidet und sie strahlte Würde und Ruhe aus. Für mich war die Herzlichkeit, die Frau Abel mir entgegenbrachte, anfangs etwas befremdlich. Wie konnte eine so vornehme Dame so liebenswürdig zu mir sein? Zu mir, wo ich doch von ganz wo anders herkam. Frau Abel musste mitbekommen haben, dass meine Eltern anfangs so gar kein gutes Haar an ihrem Sohn gelassen hatten und dennoch behandelte mich Frau Abel, als sei ich etwas ganz Besonderes. Sie wäre zu ihrer eigenen Tochter nicht liebenswürdiger gewesen.

Es passierte in diesen Wochen nichts Aufregendes. Es gab keine Hektik, keinen Streit, keine Bosheiten. Ich schlief im Haus von Frau Abel und ihrem Mann, in einem eigenen Zimmer, in einem Himmelbett. Vor dem Frühstück kam jemand vorbei und belieferte Frau Abel mit frischen Mehlspeisen. Ich durfte mir aussuchen, was immer ich wollte. Nach dem Frühstück ging ich zu meiner Schwester ins angrenzende Haus. Ihr Mann war um diese Zeit schon in der Firma. An den Vormittagen erledigte meine

Schwester den Haushalt, sie kochte, wusch Wäsche, putzte das Haus, genauso akribisch wie meine Mutter. Es war immer alles perfekt. Im ganzen Haus war kein Schmutz zu finden, alles strahlte, es duftete herrlich. Pünktlich um 13.00 Uhr kam ihr Mann, um mit seiner Familie Mittag zu essen, danach fuhr er gleich wieder in seine Firma oder zu irgendeinem Termin. Meine Schwester erledigte den Abwasch, ich spielte währenddessen mit meiner Nichte.

Die Nachmittage verbrachten wir entweder am Pool, gingen zu den Ponys oder erledigten Einkäufe. An den Abenden wechselte ich wieder in den Haushalt von Frau Abel über. Ich ging mit ihr und Karlchen, Frau Abels Pekinesen, der sich im Übrigen nur von seinem Frauchen anfassen ließ, spazieren. Danach war meist ihr Mann aus der Firma zurück und wir aßen gemeinsam zu Abend. Ich durfte noch ein wenig fernsehen und dann legte ich mich ins Himmelbett. Ich kam zur Ruhe. In diesen Wochen malte ich mir aus, dass ich eines Tages genauso wie Frau Abel werden wollte. Ich verglich sie mit den Schauspielerinnen, die ich hin und wieder in einer Krimiserie sah. Die geheimnisvolle Millionärsgattin, der man nie ansah, ob sie die Mörderin war oder doch nur einen Geliebten hatte. Genauso wie Frau Abel wollte ich eines Tages sein. Ich träumte in diesen Tagen, weit weg von meinem Zuhause in einem Himmelbett liegend, von meiner Zukunft.

Die Wochen vergingen wie im Fluge, und bevor ich wieder nach Hause musste, fuhr Frau Abel mit mir in die Stadt und kleidete mich völlig neu ein. Sie kaufte mir Kleider, Röcke, Blusen, Strümpfe und Schuhe. Alles passte perfekt zusammen. Ich war überwältigt. Obendrauf gab sie mir einen großen Sack voller Süßigkeiten für die daheimgebliebenen Geschwister mit auf den Weg.

Meine Brüder und meine Mutter schauten nicht schlecht, als ich wieder zu Hause war. So wie ich dastand, in meinen neuen Kleidern, die Hände voller Geschenke. Ich war so überdreht und überglücklich, es sprudelte nur so aus mir heraus, was ich nicht alles erlebt hatte und, dass ich sie von Frau Abel recht lieb grüßen solle und wie wunderschön es nicht gewesen war und dass ich nächstes Jahr sehr gerne wiederkommen könne, wenn ich dürfe und möchte. „Darf ich Mama, bitte, darf ich nächstes Jahr wieder zu Gisel in den Sommerferien?"

„Du darfst vor allem zum Friseur, jetzt, so wie du aussiehst mit diesen langen Zotteln." Alle, bis auf mich bogen sich vor lauter Lachen. Ich war wieder zu Hause.

KAPITEL 7

Mein kleiner Bruder Ferdinand war ein sehr schlechter Schüler. Oft gab es Schläge und Tränen, weil er einfach nicht kapieren wollte, was meine Mutter ihm einzutrichtern versuchte. Zum Glück blieb mir diese Tortur erspart. Ich war zwar auch nicht gut in der Schule, aber immerhin so gut, dass es meiner Mutter nicht wert war, sich um mich zu scheren.

Als ich zur Hauptschule kam, es war eine reine Mädchenschule, gab es Klassenunterschiede. Man unterschied A- und B-Zügler. Wer die mit dem Buchstaben A gekennzeichneten Klassen besuchte, hatte auch Englisch als Hauptgegenstand, in Deutsch und Mathe wurde von den Schülern mehr verlangt. Das Unterrichtstempo war höher, der Lernstoff in den einzelnen Gegenständen umfangreicher. Irritierend war für mich, dass Christoph, der in meinen Augen so belesen war und über ein unglaublich großes Allgemeinwissen verfügte, in den B-Zug gesteckt wurde. Insgesamt betrachtet, waren die meisten Kinder, die in den B-Zug gingen aus sozial schwachen Familien. Ob das Zufall war, konnte ich nicht beurteilen. In der ersten Klasse Hauptschule entschied es sich auch bei mir und meiner Freundin Sonja, wohin wir kommen würden, unser Notendurchschnitt aus der Volksschule ließ beide Möglichkeiten zu.

Dass ich letztendlich bei den A-Züglern blieb, verdankte ich der Englischlehrerin oder vielmehr der Tatsache, dass ich gut singen konnte, denn darauf legte die Lehrerin großen Wert. Und ich liebte es zu singen, viel mehr als Vokabel zu lernen. Sonja konnte weder singen noch war ihr Englisch gut genug. Sie wechselte im darauffolgenden Jahr in die Klasse 2B.

Musik und Sport waren meine Lieblingsgegenstände. In den Lerngegenständen lernte ich nicht, auch machte ich nie meine Hausübungen zu Hause. Wenn es wichtige Arbeiten waren, schrieb ich sie während der Busfahrt zur Schule ab, oder kurz vor dem Unterricht, oft hatte ich sie einfach nicht gemacht und hoffte darauf, sie nicht vorzeigen zu müssen. Auf meiner Prioritätenliste stand Gummihüpfen ganz oben. Es wurde vor dem Unterricht gesprungen, in jeder Fünf-Minuten-Pause, wann immer es möglich war. In dieser Disziplin war ich unermüdlich.

Im Schulfach Handarbeiten wurde ich bald, mehr oder minder vom Unterricht befreit. Mich traf nicht wirklich Schuld. Im Nachhinein behaupte ich, dass ich mich bemühte, aber nie eine Chance hatte. Als Linkshänderin hatte ich so eine Art Handarbeitsschwäche. Wenn mir die Lehrerin etwas zeigte, und sie gab mir die Arbeit in meine Hände, damit ich das Werk weiterführen sollte, bekam ich regelmäßig einen Knopf in meine Optik. Ich wusste nicht einmal, wie ich die Arbeit richtig in die Hand nehmen sollte. Am liebsten hätte ich meine Hände überkreuzt, um so weiterarbeiten zu können, wie es mir die Lehrerin eben noch vorgezeigt hatte. Ich und meine Lehrerin gaben bald auf. Es herrschte ein stilles Übereinkommen zwischen uns. Ich bekam die Note Genügend und musste dafür meine Arbeiten nicht fertigstellen. Dieses Genügend kam in Wirklichkeit einem Nicht Genügend gleich. Ich war mir sicher, dass es ganz wenige Mädchen gab, die in diesem Fach diese Note ausfassten.

Während des Handarbeitsunterrichts überließ mir manchmal meine Lehrerin ihren Katheder. Sie setzte sich in eine der hinteren, leeren Bänke und ich unterhielt vorne an der Tafel meine Schulkolleginnen mit kleinen Sketches, wie dem Zweipersonenstück „Die dumme Lena". Bei diesem Stück steckte ich mir Stricknadeln ins Haar und spielte abwechselnd die Frau Professor, die am Katheder saß, um im nächsten Augenblick aufzuspringen, die Nadeln aus den Haaren zog und als dumme Lena, die ihr gestellten Fragen lustig zu beantworten.

Die Lehrer an der Schule fanden meine Darbietung nicht schlecht und so durfte ich nicht nur meine Klassenkameradinnen während des Handarbeitsunterrichtes bespielen, sondern auch in andere Klassen tingeln, um meine Spielchen aufzuführen.

Mein schauspielerisches Talent stellte ich auch einmal unter Beweis, als meine Freundin und ich in der großen Pause beschlossen hatten, vier Stunden Zeichnen am Nachmittag zu spritzen und stattdessen lieber in den Stadtpark zu gehen, um heimlich zu rauchen.

Ich versuchte glaubhaft zu machen, dass mir so schlecht sei, dass ich nach Hause fahren müsse und obendrein noch so schwach, dass mir meine Freundin die Schultasche tragen solle. Die Lehrerin schickte mich zum Direktor. Bei ihm trieb ich mein Talent auf die Spitze. Ich log dem Direktor mitten ins Gesicht und musste mich dabei vor lauter – gespielter – Schwäche am Heizkörper abstützen. Meine Freundin stand staunend mit offenem Mund daneben. Der Direktor fand, dass es das Beste sei, wenn ich von meiner Freundin begleitet nach Hause fuhr. Als die Schule nicht mehr in unserem Blickfeld war, begannen wir zu lachen und zu prusten.

Wir gingen schnurstracks in den Schlosspark, auf die einzige, riesige Eiche im Park zu, bei deren Wurzeln wir unser Päckchen Zigaretten versteckt hatten. Wir rauchten jede nur eine Zigarette. Wir inhalierten nicht einmal richtig, das war nicht wichtig. Sie schmeckte uns auch so verboten gut. Wir gammelten noch ein wenig im Park und in der Stadt herum und als wir später mit dem Bus nach Hause fuhren, fuhr auch die Zeichenlehrerin mit demselben Bus nach Hause. Wir blickten uns direkt in die Augen. Sie sagte nichts zu mir, auch später nie.

Da ich so gut wie nie für Prüfungen lernte und oft die Schule schwänzte, waren auch meine Noten dementsprechend schlecht. Das hielt allerdings meine Klassenkameradinnen nicht davon ab, mich jedes Jahr aufs Neue zur Klassensprecherin zu wählen.

Ich war sehr beliebt bei den Mädchen und trotz meiner schwachen Leistungen mochten mich auch die Lehrer. Ich denke, ich war keck, aber nicht respektlos. Ich war faul, aber nicht uninteressiert. Obwohl es in unserer dreißigköpfigen Klasse Gruppenbildungen gab, kam es nie zu irgendwelchen Reibereien. Ich mochte alle Mädchen, und ich war gerne das Sprachrohr für ihre Anliegen.

Als ich vierzehn wurde, waren wir gerade auf Landschulwoche, irgendwo in den Bergen unterwegs. Die Mädchen tuschelten, taten den ganzen Vormittag geheimnisvoll. Sie grenzten mich aus, obwohl ich sonst immer mitten unter ihnen war. Am Nachmittag holten sie mich in das Zimmer, in dem ich untergebracht war. Die Vorhänge waren zugezogen, es stand ein Kuchen mit angezündeten Kerzen auf einem kleinen Kästchen, daneben ein Geburtstagsbillet und ein kleines Päckchen. Sie sangen für mich Happy Birthday.

Die Mädchen gebärdeten sich wie Hühner, sie gackerten durcheinander, sie waren aufgeregt und sie drängten mich, das Päckchen zu öffnen. Die Mädchen hatten zusammengelegt und mir meinen ersten BH geschenkt. Er war wunderschön, in der Farbe beige, über und über mit Spitzen besetzt. Sie schrien: „Anziehen, anziehen." Natürlich probierte ich ihn gleich an, er passte wie angegossen. Ich freute mich riesig.

Später ließ es sich auch mein Klassenvorstand nicht nehmen, mir zu gratulieren. Er meinte, ich hätte einen Wunsch bei ihm frei. Da die Sommerferien vor der Tür standen und wir bei ihm in Geschichte noch einen Test schreiben sollten, wünschte ich mir, dass er uns von dieser Pflicht befreien und jedem der Mädchen, das auf einer Zwischennote stand, die bessere Note ins Zeugnis eintragen solle. Er versprach vor der gesamten Klasse meinen Wunsch zu erfüllen und er hielt sein Versprechen.

Nach der vierten Klasse Hauptschule gingen viele meiner Freundinnen in eine höhere Schule weiter, um später zu studieren. Ich besuchte den Polytechnischen Lehrgang. Dieses Jahr wurde genutzt, um mich und meine Klassenkolleginnen auf einen Lehrberuf vorzubereiten. Herr Prikoba wurde mein neuer Klassenvorstand, der uns in Deutsch, Mathematik und Sport unterrichtete.

Er war jung und sehr attraktiv, ich mochte ihn, und obwohl ich in diesem Jahr so viel Schule schwänzte wie nie zuvor, mutierte ich von einer schlechten Schülerin zu einer Vorzugsschülerin. Meine Noten besserten sich in allen Lerngegenständen von einem Genügend zu einem Gut, von einem Befriedigend zu einem Sehr gut. Handarbeiten wurde nicht mehr unterrichtet. Auf einmal fiel mir alles leicht und ich wurde süchtig nach guten Noten.

Als meine Mutter das letzte Mal beim Elternsprechtag war meinten meine Lehrer, ich solle in eine Schauspiel- oder Sportschule weitergehen. In beiden Bereichen sei ich talentiert und beides hätte ich liebend gerne getan. Ich wäre auch gerne in eine andere Schule weitergegangen, egal in welche, Hauptsache, ich hätte weiter zur Schule gehen dürfen. Meine Mutter entschied sich weder für das eine noch für das andere. Sie war der Meinung, dass ich, so wie mein Vater und mein Bruder Christoph auch, in den Mitter-Werken arbeiten solle. Sie entschied, dass eine Lehre zur Waffenmechanikerin genau das richtige für mich sei.

KAPITEL 8

Mein Vater war Arbeiter in den Mitter-Werken und er machte so viele Überstunden wie nur möglich, um sein Gehalt aufzufetten. Dennoch reichte das Geld hinten und vorne nicht. Selbst wenn meine Mutter eine sehr gute Haushälterin war und sich selbst nichts gönnte. Der wöchentliche Friseurbesuch war der einzige Luxus, den sie für sich selbst in Anspruch nahm. Sie gab alles den Kindern, wie man früher bei uns sagte, und das stimmte auch.

Ich wurde zwar nicht täglich satt, aber wir Kinder konnten immer an den Schulschikursen, Landschulwochen und Wienwochen teilnehmen und da wir Kinder nun nicht mehr klein waren, beschloss meine Mutter kurzerhand, im ortsansässigen Betrieb, der Zäune herstellte, einen Halbtagsjob als Arbeiterin anzunehmen.

Sie besprach sich nicht mit meinem Vater. Sie stellte ihn vor die vollendete Tatsache.

Als sie es ihm erzählte, war mein Vater wie vom Donner gerührt. Es gab einen Riesenkrach, den wohl alle Leute in unserem Trakt mitbekamen. Er wurde von meiner Mutter tief in seiner Ehre verletzt. Versuchte er doch alles, um es ihr recht zu machen. Mein Vater musste das Gefühl gehabt haben, seiner Rolle als Mann nicht mehr gerecht zu werden. Wir Kinder begleiteten ihn schon lange nicht mehr bei seinen Waldspaziergängen und Christoph war schon längst nicht mehr nur meiner Mutter Sohn, der ihr zur Hand ging, sondern ihr engster Vertrauter, mit dem sie all ihre Sorgen besprach. Und jetzt war mein Vater nicht einmal mehr der alleinige Geldverdiener in unserer Familie. Er hatte ausgedient.

Mein Vater fuhr nun nicht mehr gleich mit dem ersten Bus von der Arbeit nach Hause. Er ging fast täglich ins Bahnhofsrestaurant, und spülte seinen Kummer mit einigen Gläsern Bier hinunter. Und wenn er dann nach Hause kam, torkelte er beim Gehen und lallte beim Sprechen. Nicht der normale Arbeitsfrust war in seinem Gesicht abzulesen, sondern ein aggressiver, dumpfer Frust. Ein falsches Wort, ein falscher Blick und mein Vater wäre ausgerastet. Wenn mein Vater in diesem Zustand nach Hause kam, machte ich einen weiten Bogen um ihn und hoffte, dass niemand von den Nachbarn ihn so sähe.

Er verlor damals seinen spitzbübischen Gesichtsausdruck, seine lachenden Augen, er wirkte verbittert und verhärmt. Streit zwischen meinen Eltern stand nun auf der Tagesordnung. Meine Mutter machte keinen Hehl daraus, dass es ihr mein Vater nicht mehr recht machte. Ständig nörgelte sie an ihm herum. Sie verbarg ihre Geringschätzung ihm gegenüber nicht mehr, und mein Vater gab seine Aggressionen an meine Brüder weiter. Er behielt sie im Auge, darauf wartend, dass sie einen Fehler machten, dann entlud sich sein Zorn und er schrie wild gestikulierend herum. Die Stimmung zu Hause war katastrophal. Es schien alles aus den Fugen zu geraten. Wenn Ferdinand frühmorgens das Warmwasser zur Gesichtsreinigung nicht im Waschbecken auffing, sondern das Wasser einfach laufen ließ, schrie ihn mein Vater schon um 5.00 Uhr morgens an, was er nicht für ein Idiot sei.

Noch schlimmer war die Situation zwischen Christoph und meinem Vater, denn im Gegensatz zu Ferdinand schrie Christoph zurück, wenn ihn mein Vater anpöbelte. Es herrschte Krieg zwischen den beiden Männern. Besonders wenn mein Vater alkoholisiert war, drohten die verbalen Attacken zu eskalieren. Ich hatte ständig Angst, dass es zu körperlichen Auseinandersetzungen kommen würde. Ich begann mich vor meinem Vater zu fürchten, auch wenn niemals ich in seiner Schusslinie stand. Ich distanzierte mich von ihm. Christoph strotzte vor Vernunft, Stärke und Mut, er wurde ab nun meine neue Bezugsperson.

KAPITEL 9

Christoph hatte seine Lehre zum Spengler mit Auszeichnung abgeschlossen und kam zum Bundesheer. Er wurde in eine Kaserne im tiefsten Nirgendwo versetzt. Dorthin, wo es regelmäßig über Attacken von Wildschweinen zu berichten gab, dorthin, wo sich Fuchs und Hase gute Nacht sagten.

Die Bundesheerzeit machte Christoph zu schaffen. Wenn er an den Wochenenden nach Hause kam und ausnahmsweise keinen Samson (Samstag-Sonntag-Strafdienst) schieben musste, jammerte er, dass er es dort nicht aushalten würde. Was genau er dort nicht aushielt, sagte er nicht. Immer nur: „Ich halte es dort nicht aus." Ich kannte dieses Verhalten an Christoph nicht. Es tat mir weh, ihn leiden zu sehen. Ich wollte nicht, dass mein Bruder irgendwelche Probleme hatte, die er offensichtlich zu lösen nicht imstande war. Gegen den Wehrdienst konnte er sich nicht wehren.

Diese neun Monate veränderten meinen Bruder. Sie machten aus Christoph einen introvertierten, aggressiven jungen Mann. Für die Belange anderer hatte er kein offenes Ohr mehr. Seine Körperhaltung veränderte sich. Er lief mit eingezogenem Kopf umher und krümmte dabei seinen Rücken zu einem Buckel, so als müsse er eine schwere Last mit sich herumschleppen. Fast sah er mit dem runden Rücken aus, wie jene Menschen, die man einen *krummen Hund*, einen unaufrichtigen, demütigen Menschen nennt. Wenn sich jemand mit Christoph unterhalten wollte, antwortete er meist einsilbig: „Das interessiert mich nicht, das geht mich nichts an, lass mich in Ruhe." Er hörte mit dem Fußballspielen auf und er suchte sich einen neuen Freundeskreis.

KAPITEL 10

Meine Aufnahmeprüfung machte ich in den Mitter-Werken, mit anderen Jugendlichen zusammen, die eine Lehre in einem metallverarbeitenden Beruf anstrebten. Wir alle mussten den gleichen, viele Seiten umspannenden Prüfungsbogen ausfüllen. Egal, ob jemand Werkzeugmacher, Dreher, Fräser werden wollte oder wie ich, eine Lehre zur Waffenmechanikerin anstrebte. Viele hundert Jugendliche wollten einen Lehrplatz ergattern und eigentlich hatte man nur eine Chance, zur Prüfung zugelassen zu werden, wenn ein Familienangehöriger bereits im Werk tätig war, dessen Parteibüchlein die richtige Farbe hatte. Für mich sprach mein Vater vor.

Wir wurden in verschiedene Klassen aufgeteilt, der Prüfungsbogen umspannte Fragen zu Deutsch, Allgemeinwissen, Mathematik, räumliches und logisches Denken sowie technisches Verständnis.

Unsere Klasse wurde von Herrn Schneider beaufsichtigt. Als Herr Schneider durch den Raum ging, vor mir haltmachte und auf dem Prüfungsbogen rechts oben meinen Namen las, fragte er mich, ob ich die Schwester von Christoph sei. Ich bejahte die Frage und somit hatte ich so gut wie bestanden, denn Herr Schneider begleitete meinen Bruder, als Meister durch die Lehrzeit und er half mir bei manchen Aufgaben des Prüfungsbogens.

Herr Schneider dachte sich wahrscheinlich, dass ich ebenso gelehrig und brav sein würde wie Christoph. Ich bekam die Lehrstelle. Herr Schneider sollte sich aber in mir täuschen.

Der praktische Bereich meiner Ausbildung und das waren leider 80% meiner Lehrzeit, fühlte sich für mich ähnlich an wie der Handarbeitsunterricht in der Hauptschule. Nur, dass es kein stilles Abkommen zwischen mir und meinen Lehrherren gab und, dass ich viele Stunden voller Verzweiflung versuchte, ein verborgenes Geschick in mir zu entdecken, schlussendlich mit der Gewissheit, dass es einfach nicht vorhanden war. Ich musste alle Werkstücke fertigen, alle Ausbildungsstationen durchmachen, völlig egal, wie ich mich innerlich dagegen sträubte und wie schlecht ich mich dabei anstellte.

Das erste Werkstück, das ich fertigen musste war ein Hammer. Die anderen Lehrlinge und ich bekamen einen Metallrohling und aus dem sollten wir einen Hammerkopf feilen. Nachdem viele Millimeter weggearbeitet werden mussten, um an die späteren Abmaße des Hammerkopfes zu kommen, nahm ich eine Armfeile zu Hilfe. Dieses Werkzeug war sehr groß und schwer, ich musste beide Hände benutzen, um es auf das im Werkstock eingespannte Werkstück zu wuchten.

Ich musste aufpassen, dass ich dabei nicht ins Straucheln geriet. Es war ein lächerliches Schauspiel, bei dem ich mir eine riesige Blase in meiner linken Handinnenfläche zuzog.

Wir waren nur zwei Mädchen, die diesen Beruf erlernen wollten, also ich wollte ja nicht, meine Mutter wollte es. Das zweite Mädchen war Lisi. Sie kam von einem Bergbauernhof, sie war sehr groß und kräftig gebaut und vor allem war Lisi sehr geschickt. Sie war ein ruhiges, liebes Mädchen, das einen wachen Verstand und viel Humor besaß. Ich mochte Lisi von Anfang an, wir wurden gute Freundinnen.

Zu der praktischen Grundausbildung, die wir zusammen mit den Werkzeugmacherlehrlingen machten, gehörte es, dass wir Drehen, Fräsen, Hobeln, Schweißen, Löten und anderes mehr lernen mussten.

Für den theoretischen Teil der Ausbildung fuhren wir in die Berufsschule nach Ferlach in Kärnten, in die südlichste Stadtgemeinde Österreichs. In Ferlach ist die einzige Berufsschule für Büchsenmacher im ganzen Land. Ich war gerade einmal sechzehn Jahre alt, als ich das erste Mal in die Berufsschule kam. Ferlach lag sieben Zugstunden von Fonsdorf entfernt. Es lohnte sich nicht, ein teures Zugticket zu lösen, um an den Wochenenden Heim zu fahren, und so kam ich zwei Monate lang nicht nach Hause.

Lisi und ich waren auch in der Berufsschule die einzigen Mädchen. Verständlicherweise wurden wir nicht bei den Burschen im Internat untergebracht, sondern in einem Gasthof einquartiert.

Die Wirtsleute hatten eine Tochter, die in unserem Alter war. Claudia wurde zu unserer Freundin, sie sollte viele Jahre später den Gasthof übernehmen.

Im Gegensatz zu unseren männlichen Schulkollegen bekamen wir keine Auflagen, wann wir abends in unserer Unterkunft sein mussten. Wir hatten Ausgang so lange wir wollten. Diese Option nutzten wir allerdings im ersten Berufsschuljahr noch nicht. Es bestand kein Verlangen danach, abends um die Häuser zu ziehen. Wir konzentrierten uns darauf, das im Unterricht Erlernte einzustudieren.

Nicht selten, wenn eine große Prüfung anstand, stellte ich mich noch um 2.00 Uhr in der Früh unter die Dusche, um mich munter zu halten, damit ich anschließend noch ein wenig weiter-lernen konnte.

So sehr ich das Lernen in der Berufsschulzeit mochte, der Praxisunterricht blieb mir auch in der Berufsschule nicht erspart.

Die Aufgabe bestand darin, aus einem Holzrohling einen Ge-wehrschaft, inklusive einer Fischhautschnitzerei und einer Schel-lackpolitur zu fertigen.

Selbst die winzig kleine, zwei-mal-drei-zackige Metallfeile, mit der wir das Fischgrätmuster in das Holz schnitten, mussten wir selbst herstellen.

Zu meinem großen Glück entpuppten sich die Burschen aus unserer Klasse als wahre Gentlemen. Sie halfen uns bei den Holz-arbeiten. Sie gingen Lisi und vor allem mir zur Hand. Dafür boten wir den Jungs an, mit uns gemeinsam die Theorie einzustudieren und einige der Klassenkameraden nahmen das Angebot auch an. Sie gaben bei der Internatsleitung vor, an den Wochenenden nach Hause zu fahren und zogen stattdessen in unseren Gasthof ein, um mit Lisi und mir zu lernen.

Die Burschen mochten uns sehr, und es gab auch einen, der mir gut gefiel, aber unsere Beziehungen blieben rein kamerad-schaftlich. Einige der Kollegen, Lisi und ich schlossen die Klas-se mit ausgezeichnetem Erfolg ab. Der Schuldirektor, der auch gleichzeitig unser Klassenvorstand war, sagte uns am Ende des ersten Schuljahres, dass wir die Klasse mit dem größten Erfolg seit Jahren waren. Ich hatte in diesen zwei Monaten keine Sekun-de Heimweh, aber als es ans nach Hause fahren ging, fiel mir der Abschied sehr schwer.

Der Ehrgeiz und Fleiß sollten sich auch bezahlt machen. Für die Auszeichnung übernahm die Firma sämtliche Übernachtungskosten, sie gaben Lisi und mir 1000 Schillinge (€ 73), was damals für uns viel Geld war, und obendrauf bekamen wir noch einen Urlaubstag extra.

Nach diesen zwei Monaten in Kärnten fühlte ich mich stark und gut. Ich hatte mir bewiesen, dass ich zu den Besten gehören konnte, wenn ich mich nur genug anstrengte. Nach diesen zwei Monaten wurde mir die Enge, die zu Hause und in den Köpfen meiner Familie herrschte, erst richtig bewusst. Zu Hause waren nicht meinesgleichen.

Ich erfuhr Wertschätzung und Anerkennung außerhalb meiner Familie. Der einzige, der mich verstand, so glaubte ich zumindest, war Christoph.

Da meine Mutter nun der Auffassung war, dass man mir anscheinend doch vertrauen könne, erlaubte sie mir, an den Wochenenden auszugehen, mit der Auflage, dass ich nur mit Christoph unterwegs sein dürfe und wenn Christoph nach Hause ginge, auch für mich Schluss zu sein habe. Zuvor nahm mich meine Mutter aber noch an der Hand und ging mit mir zum Arzt. Der verschrieb mir die Pille. Meine Mutter konnte das Risiko nicht eingehen, dass ich ihr, so wie meine Halbschwester es Jahre zuvor getan hatte, Schande machen würde.

KAPITEL 11

Dass mein Bruder seine eigenen, inneren Kämpfe ausfocht, nahm ich nicht bewusst wahr. Ich war zu sehr auf mich fixiert. Für mich war er nach wie vor der gescheite, gerechte Bruder, nur eben halt erwachsen geworden. Der nun seine Probleme so zu lösen begann, wie es bei uns zu Hause üblich war, keine Scheu vor Konfrontationen hatte, im Gegenteil, sie sogar suchte.

Christoph machte keinen Hehl mehr daraus, dass er Menschen aus sogenannten besseren Kreisen verabscheute.

Er begann alle zu hassen, bei denen er vermutete, dass sie auf ihn oder jemanden aus unserer Familie herabblicken könnten, unter dem Motto: „Angriff ist die beste Verteidigung". So kam es mir zumindest vor. Er verwendete nun die gleichen Kraftausdrücke wie meine Mutter. Er verkörperte den Proletarier schlechthin. Nur die Besitzlosen, die hart arbeitenden Menschen waren gute Menschen. Ich dachte, Christoph sei durch seine Belesenheit weltgewandt. Immer noch verschlang er viele Bücher, wenn er Zeit hatte und nicht mit den Folgen seines hohen Alkoholkonsums an den Wochenenden zu kämpfen hatte. Ich bemerkte nicht, dass die Welt, in der er lebte, sehr klein und begrenzt war.

Er betrieb regelrecht Hatz auf Popper. Das waren damals Jungs aus sozial besseren Schichten. Äußerliche Merkmale waren der typische Popper-Haarschnitt. Die „Poppertolle" mit Seitenscheitel: ein Kurzhaarschnitt mit sehr kurzen, ausrasierten Haaren im Nacken, rasierten Koteletten, längerem, stufig geschnittenem Deckhaar und einem großen, asymmetrischen Pony, der so ins Gesicht fiel, dass ein Auge vollständig bedeckt war. Ihre

Kleidung war betont elegant und exklusiv. Sie zeigten, dass sie sich etwas leisten konnten.

An manchen Wochenenden, wenn Christoph schon einiges getrunken hatte, ging er mit mir in die Dorfdisco, aber nicht, um mit mir das Tanzbein zu schwingen, sondern sein Ziel war es, Popper fertig zu machen.

Er hatte sein Springmesser immer mit dabei und ich hatte jedes Mal große Angst. Ich merkte, dass mein Bruder nur darauf wartete, dass einer der Popper auf seine Provokationen einstieg. Zum Glück tat das nie jemand und das Messer kam nie zum Einsatz. Oft wurden wir auch vom Discobesitzer vor die Türe gesetzt.

Ich hatte nichts gegen diese Jungs, im Gegenteil, sie gefielen mir, ich traute mich aber nicht, dazu zu stehen, schließlich liebte ich meinen Bruder. Ich war froh, dass er sich mit mir abgab, auch wenn ich mich vor seiner Aggressivität fürchtete, vor dem Hass, der sich in seinen Augen zeigte. Er verhielt sich aber nur so extrem, wenn er zu viel getrunken hatte. Ich wusste, dass er mir niemals etwas angetan hätte, im Gegenteil, er beschützte mich. Er entschied, welche Jungs mir gefallen durften und welche nicht. Er achtete darauf, wer sich mir näherte. Ich vertraute ihm, er war mein großer Bruder. Dieses Gefühl, beschützt zu werden, gefiel mir.

Ich konnte nur nicht nachvollziehen, weshalb er Menschen, die Geld hatten, so hasste. Ich konnte nicht verstehen, was daran gut sein sollte, viel zu arbeiten und wenig zu besitzen. Was wussten er und meine Mutter über die, die sie *Großkopferte* nannten, was ich nicht wusste? Ich hasste es hingegen, von meiner Mutter ständig klein gehalten zu werden. Du kannst nichts, du bist nichts, bilde dir bloß nichts ein. Weshalb?

Ich verstand es nicht, ich verstand damals so vieles nicht. Ich konnte Christophs Aggressivität nachvollziehen, auch in mir steckte dieses Gefühl, doch nicht, wie er sie einsetzte.

Ich mochte die Menschen in unserem Ort, nicht nur die Besitzlosen, auch die Reichen. Ich bewunderte ihre Lebensart, ich konnte keinen Neid empfinden. Die einzige, die ich nicht mochte, war meine eigene Mutter.

Christophs neue Freunde wurden auch meine Freunde. Sie kamen allesamt aus sozial schwachen Familien und jeder von ihnen war um mindestens fünf Jahre älter als ich. Michael, Kurt, Edi und Sepp umschwärmten und beschützten mich, ich wurde ihr Nesthäkchen. Es waren sehr einfache, fast einfältige Burschen vom Land. Harmlose junge Männer, die sich jedes Wochenende betranken. Wir trafen uns jeden Freitagabend im Gasthof Steinmeier. Das Wirtshaus lag nur ein paar Gehminuten von uns zu Hause entfernt. Der vordere Bereich wurde von den, aus meiner Sicht, alten Leuten des Dorfes besetzt. Hier saßen die Großbauern und Musikanten nach der Kirche oder Familien mit geringerem Einkommen, die es sich selten gönnten, Essen zu gehen, oder auch Gemeindebedienstete, die ihre Mittagspause dort verbrachten. Die Leute, die Geld hatten, gingen zum Nachbarn, in den Landgasthof Ramshofer.

An den Freitagabenden war der vordere Bereich vom Gasthof Steinmeier leer. Wir Jugendlichen aus Fonsdorf gingen nach hinten, ins Stüberl. Dort stand eine Musikbox und die war Gott sei Dank nicht nur mit Schlager- und Discofoxmusik bestückt, sondern es gab auch Musik zur Auswahl, die uns gefiel. Janis Joplin, Dr. Alban, Simon & Garfunkel und Cat Stevens waren nach unserem Geschmack. Die meiste Zeit spielten wir Karten, wir spielten um Geld, das machte die Sache spannender. Wir tranken Cola Rot, ein Mixgetränk, das jeweils zur Hälfte aus Coca Cola und Rotwein bestand, und rauchten. Das gleiche machten wir an den Samstagen und Sonntagen, nur dass wir sonntags bald nach Hause gingen, schließlich mussten wir am nächsten Tag um fünf Uhr in der Früh aufstehen. Mittlerweile mussten wir zu dritt den Werksbus um sechs Uhr erreichen, der uns in die Mitter-Werke brachte.

Obwohl mein Bruder alt genug war, den Führerschein zu machen, tat er es nicht. Es stand nie zur Debatte. In unserer Familie gab es kein Auto.

Mittlerweile trug ich meine Haare lang und indische Kleider, gerne auch mit Löchern. Für meine Mutter der absolute Wahnsinn und auch die übrigen Dorfbewohner sollten ruhig sehen, dass ich zu Christoph und seinen Freunden gehörte. In letzter Zeit fauchte ich kräftig zurück, wenn meine Mutter gegen mich wetterte. So wie sie zu mir war, so war ich zu ihr. Und sie ließ mich weitestgehend in Ruhe, scherte sich wenig um mich. Christoph passte auf mich auf, so glaubte sie zumindest.

Und ich passte auf, dass sie nicht mitbekam, was ich so trieb. Mein Bruder mischte sich nicht ein. Er führte seinen eigenen Machtkampf gegen unseren Vater. Wenn meine Mutter gewusst hätte, dass ich Zigaretten rauchte, hätte sie mich trotz meiner sechzehn Jahre vermutlich verprügelt. Rauchen und Schwanger werden war in ihren Augen hurenhaft – und konnte nur mit Schlägen geahndet werden.

KAPITEL 12

Für mich war die Zeit in der Lehre, die Berufsschule ausgeklammert, der reinste Horror. Fünf Tage die Woche im Blaumann und in Stahlkappenschuhen, Werkstücke aus Metall fertigen. Genauso wenig wie mit Nadel und Faden konnte ich mit Feile und Eisen anfangen. Das Schwänzen ging in der Lehre nicht mehr so einfach wie in der Hauptschulzeit. Ich täuschte hin und wieder leichtere Krankheiten vor, die mich wenigstens in den Innendienst brachten. Das hieß, ich durfte in der Betriebsbibliothek Bücher in Regale schlichten. Ich wäre viel lieber immer in der Bibliothek, umgeben von vielen Geschichten geblieben, anstatt mich in der Lehrwerkstätte sinnlos abzumühen.

Ein wirklich wichtiges Thema beschäftigte mich schon seit längerer Zeit. Und zwar das Thema Sex. Die ganze Welt redete davon. Ich wollte wissen, was es damit auf sich hatte. Das mit der Liebe konnte ich auch nicht begreifen, aber dieses Thema interessierte mich nicht so sehr. Ich wollte Sex technisch verstehen. Dieser Bereich des Lebens interessierte mich ausnahmsweise in der Theorie nicht so sehr wie in der Praxis. Ich dachte mir, wenn ich Sex praktiziere, würde ich etwas von dieser unsichtbaren Macht besitzen, es würde mich stärken, erheben. Ich wollte endlich zur Frau werden. Darauf warten, bis ich mich verliebte und es dann mit einem, vielleicht gleichaltrigen, lieben Jungen auszuprobieren, kam für mich nicht in Frage. Ich wollte, dass mich ein erfahrener Mann zur Frau machte.

Petting hatte ich schon vor Jahren mit Eugen, einem Jungen aus unserem Ort ausprobiert. Er war hin und wieder in unserer Clique mit dabei. Ich war damals ungefähr vierzehn. Wir küssten und befummelten einander, ohne uns dabei auszuziehen, das hatte mir auch sehr gut gefallen, aber richtiger Sex war schon eine ganz andere Nummer.

Und noch etwas anderes interessierte mich damals – Haschisch. Mein Bruder und seine Freunde rauchten Haschisch. Ich hatte auch herausgefunden, dass Christoph hin und wieder etwas davon im Keller versteckte. Für meinen Bruder kam es nicht in Frage, dass ich mitrauchen durfte, auf keinen Fall, niemals.

Da half kein Betteln und kein Wimmern. Ich war so voller Leben und so neugierig, ich wollte alles ausprobieren und ich wusste, irgendwann würde Christoph es mir erlauben, schließlich tat er es ja auch. Ich las damals den Roman *Wir Kinder vom Bahnhof Zoo* zwei, drei Mal. Ein autobiografisches Buch, in dem das Leben drogenabhängiger Kinder und Jugendlicher in Berlin am Beispiel der Christiane F. erzählt wird. Eigentlich sollte das Buch abschrecken, zumindest aufklären, aber mich faszinierte vor allem das tragische Schicksal der Protagonistin. Mir gefiel die Intensität der Tragik und mir gefiel das Verbotene, das Grenzgängerische.

Ich war bereit, meine Grenzen zu überschreiten, am besten täglich. In Fonsdorf boten sich mir nicht unbedingt die Möglichkeiten dazu. Ein langweiliger Ort mit unaufgeregten Menschen, abgesehen von meinen Eltern, die sich ständig über alles und jeden aufregten. Allerdings stand ein großes Jubiläumsfest bevor. Der Ort schien vor 1200 Jahren erstmals urkundlich auf, und das sollte gefeiert werden. Zu diesem Zweck hatte die Gemeinde beschlossen, ein Theaterstück aufzuführen und ich wollte unbedingt mitspielen. Ich ging zum Vorstellungstermin und sie nahmen mich.

Die Gruppe bestand aus Lehrern, Großbauern, Unternehmern, Studenten und dem Sohn des späteren Bürgermeisters. Alles Leute, die meine Mutter und mein Bruder verabscheuten und teilweise sogar verdammten. Ich hatte Angst, dass man mir feindselig begegnen würde, das Gegenteil passierte. Als Erstes wurde mir von jedem das Du-Wort angeboten. Es waren keine gemeinen, oder jovialen Menschen, wie ich vermutet hatte. Sie ließen mich nie den Klassenunterschied spüren. Wir gingen respektvoll und sogar freundschaftlich miteinander um. Wir probten jeden Donnerstagabend in der Turnhalle der Volksschule, über viele Wochen hinweg.

Die Regisseurin, Frau Koller beeindruckte mich sehr. Sie war Mitglied einer angesehenen Familie im Ort, womit sie ihr Geld machten, wusste ich nicht. Jedenfalls konnte man ihren Reichtum an ihren vielen Besitztümern erkennen. Sie besaßen eine riesige Villa mit einem parkähnlichen Garten, der durch eine Mauer vor fremden Blicken geschützt wurde. Die Villenzufahrt war über ein videoüberwachtes, elektrisch betriebenes, schmiedeeisernes Gartentor erreichbar. Sie hatten Hausangestellte, besaßen einige Limousinen und zwei riesige Doggen. Eine der Doggen sollte zu einem späteren Zeitpunkt den Dackel von Frau Steinmeier auf offener Straße zu Tode beißen.

Frau Koller war es auch, die die zwei Stunden dauernde Vorlage für das Stück geschrieben hatte. Sie legte die einzelnen Szenen mit viel Witz und Charme an, die Textzeilen reimten sich. In dem Stück begibt sich ein Bote auf die 1200 Jahre dauernde Reise, um die Urkunde zu überbringen, in der Fonsdorf erstmals namentlich erwähnt wird. Dabei begegnet er Protagonisten aus der Literatur, Sagengestalten, Freiheitskämpfern bis hin zu den

Comicfiguren Asterix und Obelix, bis er letztendlich im Hier und Heute in Fonsdorf ankommt.

Eigentlich hätte ich gerne die Lorelei gespielt, aber diese Figur spielte die Regisseurin in selbstironischer Inszenierung selbst. Ihre dickliche Figur in ein enges Meerjungfraukostüm gezwängt, in schiefer Haltung an einen Pappkartonfelsen gelehnt, mit absichtlich schlecht sitzender blonder Perücke, trällerte sie: „Ich weiß nicht, was soll es bedeuten, dass ich so traurig bin..." Ich war begeistert von ihrer Performance. Mir war die Rolle des Pudels Kern zugedacht. Ich durfte auf der Bühne, nur im schwarzen Turntrikot, mit schwarzer Strumpfhose und Ballettschuhen bekleidet, den Text: „Da steh ich nun, ich armer Tor und bin so klug als wie zuvor. Ich zieh, herauf, herab, quer und krumm, die Schüler an der Nase herum." zum Besten geben. Auch bei der Jedermann-Szene saß ich mit an der Tafel. Nach kurzer Zeit konnte ich das Stück auswendig, wusste, wann wer was zu sagen hatte.

Die Regisseurin bat mich oft auf die Bühne, um meinen Kollegen zu zeigen wie sie ihre Rollen anlegen sollten. Ich musste ihnen vorspielen, wo sie am besten stehen, wie sie auftreten und abgehen sollten. Es waren natürlich nicht alles Talente unter den Darstellern, aber wir halfen uns gegenseitig. Der Großbauer Fechtl zum Beispiel, der den reichen Mann im Jedermann mimte, konnte seinen vierzeiligen Text bis zum letzten Aufführungstermin nicht. Wir soufflierten. Es gab keine Gehässigkeiten, keiner machte sich über den anderen lustig. Wir hatten großen Spaß miteinander. Es waren drei Aufführungen geplant, wegen des großen Erfolges wurde das Stück ein viertes Mal aufgeführt. Ich brauche nicht erwähnen, dass aus meiner Familie nie jemand bei einer der Vorstellungen war.

Nach diesem kurzen Ausflug in die Gesellschaft der Gebildeten und Vermögenden kehrte ich nach der letzten Vorstellung in meinen Proletarieralltag zurück. Es hatte sich nichts geändert. Meiner Mutter war es natürlich nicht recht, dass ich mich mit dieser Bagage abgegeben hatte, und was meiner Mutter nicht recht war, war wiederum mir recht, sehr recht sogar. Es freute mich, wenn sich meine Mutter über mich ärgerte. Ihre Macht über mich schwand von Tag zu Tag. Es begann mir Spaß zu machen, das Gegenteil von dem zu tun, was sie von mir erwartete. Niemand aus meiner Familie wagte es, sich gegen meine Mutter aufzulehnen. Mein Vater ließ seinen Frust an seinen Söhnen aus, indem er ihr Tun und Verhalten ständig kritisierte, und meine Brüder waren meiner Mutter hörig. Ihr Wort war für sie Religion.

Ich begann meinen Kleidungsstil zu ändern. Nicht, dass ich nicht mehr zeigen wollte, dass ich zu Christoph, Sepp, Kurt, Michael und Edi gehörte. Es war nur so, dass ich eine schöne Figur hatte, bauchfreie Mode war gerade angesagt, und ich den Männern gefallen wollte. Auch begann ich, sehr zum Missfallen meiner Mutter, mich zu schminken. Sie sagte zu mir, dass ich mich wie eine Hure herrichten würde.

KAPITEL 13

Wie jeden Freitagabend trafen wir uns im Gasthof Steinmeier. Wir spielten Karten, tranken Alkohol, rauchten und hörten Musik aus der Musikbox. Ich weiß nicht, wo Christoph an diesem Abend war, ob er zweite Schicht hatte, Jedenfalls war ich mit Michael, Kurt, Edi und Sepp allein.

Es war ein sehr lustiger Abend, wir tranken viel. Ich trank zu viel. Kurt, Edi und Sepp beschlossen in die Dorfdisco zu fahren, um dort weiter zu trinken und Mädchen anzustarren. Michael blieb bei mir. Wir lallten und kicherten und Michael sagte mir, dass er mich liebt. Ich fand das sehr nett von ihm und nutzte die Gelegenheit ihn zu fragen, ob er mit mir einen Joint rauchen würde. „Nein, Hanne, das geht nicht. Christoph bringt mich um", meinte er. „Bitte, bitte Michael" stammelte ich, verdrehte die Augen und blickte ihn dabei gespielt liebevoll an. Ich musste nicht lange betteln. Wir tranken aus, bestellten ein Taxi und fuhren die zwei Kilometer zu Michael nach Hause.

Er wohnte mit seiner Mutter allein in einem alten Haus. Seine Eltern waren geschieden. Wir machten kein Licht, redeten kein Wort, um seine Mutter nicht zu wecken und gingen so leise wie möglich über eine alte, enge Holzstiege in den ersten Stock. Michael hatte ein kleines Zimmer, an den Wänden hingen Poster von Jimmy Hendrix, Led Zeppelin und den Doors. Es war nicht aufgeräumt. Außer einem Bett und einem Kleiderschrank gab es noch einen kleinen Tisch mit einem Stuhl, auf dem Kleidungsstücke lagen. Auf dem Tisch standen halbvolle Gläser und ein voller Aschenbecher. Es war kein Platz, sich hinzusetzen, deshalb machte er sein Bett notdürftig und bot mir an, mich in meinen Klamotten auf sein Bett zu setzen.

Er ging noch einmal die Holztreppe hinunter in die Küche, tauschte die schmutzigen Gläser gegen saubere, leerte den Aschenbecher aus und brachte eine Flasche Rotwein mit. Er zündete ein Räucherstäbchen mit Patschuliduft an. Michael schenkte uns ein Glas Rotwein ein, legte eine Platte auf, ich weiß nicht mehr von wem, befreite den Sessel von den Klamotten, rückte ihn zu mir ans Bett und setzte sich mir gegenüber. Die Stimmung war nun nicht mehr aufgekratzt, sondern hatte etwas Feierliches. Wir unterhielten uns leise, er dimmte das Licht, und begann einen Joint zu bauen.

Ich beobachtete ihn dabei, wie er das getrocknete Haschisch mit einem Feuerzeug erhitzte und unter den Tabak bröselte. Ich war schon etwas müde vom Alkohol und neugierig auf die Wirkung des Haschischs. Michael zündete den Joint an, machte einen tiefen Lungenzug und hielt den Rauch solange in seiner Lunge wie er konnte. Er reichte mir den Ofen, ich machte einen nicht so tiefen Lungenzug und hielt die Luft nicht solange an. Es reichte. Während wir den Joint rauchten, setzte sich Michael zu mir aufs Bett. Wir begannen wieder zu kichern. Wir redeten nun nicht mehr. Es zog mir die Mundwinkel nach oben und mir wurde schwummrig. Ich fühlte mich wie in Watte gepackt. Alles um mich war sanft und weich, auch Michael. Er begann mich zu streicheln und zärtlich zu küssen. Michael liebte mich. Ich spürte, wie er in mich eindrang. Es tat nicht weh. Ich fühlte mich gut, alles war gut.

Als ich nach kurzer Zeit erwachte, merkte ich das klebrige Blut zwischen meinen Beinen. Ich war nur für kurze Zeit eingenickt, dennoch musste es draußen bald hell werden. Michael neben mir, schlief tief und fest. Ich suchte mir meine Sachen notdürftig zusammen, schlich auf die Toilette, wusch mich und machte mich schleunigst auf den Weg. Auf den Straßen war zum Glück noch nichts los, und so kam ich unbemerkt nach Hause. Auch zu Hause war noch alles ruhig und finster, niemand bemerkte mein nach Hause kommen. Niemand bemerkte, dass ich in dieser Nacht zur Frau gemacht wurde.

Am nächsten Morgen fühlte ich mich hervorragend. Ich hatte keinen Kater, ich war besonders guter Laune, ich liebte meine neue Weiblichkeit. Meine Mutter fragte nur kurz, wann ich nach Hause gekommen sei. Ich log ihr mühelos mitten ins Gesicht und sagte: „Weiß nicht genau, aber es war nicht spät." Es ging alles so einfach. Christoph sagte ich nichts. Ich dachte mir, dass das meine Sache sei, dass ich mich nicht vor ihm zu rechtfertigen hätte, schließlich war ich kein Kind mehr.

Irgendwann sagte Michael es ihm. Michael war Christophs bester Freund und musste es ihm sagen. Mein Bruder reagierte gar nicht darauf. Er nahm es zur Kenntnis, er wusste, dass Michael schon seit langem ein Auge auf mich geworfen hatte. Ich war Michael in gewisser Weise dankbar, aber verliebt war ich in ihn nicht. Ich wollte auch nicht unbedingt, dass jeder im Ort nun meinte, ich sei seine fixe Freundin. Es war auch nicht so, dass wir jetzt händchenhaltend rumzogen, oder dass wir uns öffentlich küssten. Wir machten weiter wie bisher, nur dass wir hin und wieder miteinander schliefen. Michael war es ohnehin wichtiger, sich jedes Wochenende zudröhnen zu können.

Da ich nun wusste, wie Sex technisch funktionierte und wie ich mich fühlte, wenn ich Haschisch rauchte, wollte ich auch wieder normale Sachen machen. Ich begann, unter der Woche dreimal ins Fitnessstudio zu gehen. Jeden Mittwochabend besuchte ich einen Englischkurs in der Volkshochschule, da das bisschen

Englisch, das ich in der Hauptschule gelernt hatte, unbrauchbar war und in der Berufsschule nur technisches Englisch unterrichtet wurde. Außerdem traf ich mich immer öfter mit Arbeitskollegen, allen voran mit Lisi.

Ich war offen und frei und amüsierte mich ungezwungen, so wie es für mich passte. Ich fuhr immer öfter, ganz allein in die zehn Kilometer entfernte Kleinstadt Sams. Dort gab es ein Kino und wesentlich mehr Lokale als in Fonsdorf. Das Dumme war nur, dass ich zwar mit dem Bus in die Stadt fahren konnte, sich das nach Hause kommen aber meist schwierig gestaltete. Um diese Uhrzeit fuhr kein Bus mehr. Manchmal konnte ich mit Bekannten aus Fonsdorf mitfahren, die ich zufällig traf, aber meistens musste ich Autostoppen, um nach Hause zu kommen. Christoph war es recht, dass er mich nicht mehr ständig an der Backe hatte und meine Mutter bekam nichts davon mit. Sie merkte nicht, dass ich Alkohol trank, dass ich hin und wieder kiffte, dass ich Autostoppte. Sie hatte noch nicht mal gemerkt, dass ich rauchte. Ich erzählte ihr von denjenigen Ereignissen, von denen ich dachte, dass sie sie wissen sollte. Zum Beispiel, dass ich viel mit Lisi unterwegs war. Meine Mutter kannte Lisi, sie wusste, dass sie ein liebes und anständiges Mädchen war und natürlich war ich nur halb so oft mit Lisi unterwegs, wie ich vorgab. Meine Mutter sollte mir beruhigt vertrauen und mir meine Freiheiten lassen.

Mein Leben hatte sich ganz gut eingespielt: Unter der Woche ging ich pflichtbewusst meiner Arbeit nach, besuchte Abendschulen, betrieb regelmäßig Sport und an den Wochenenden amüsierte ich mich.

KAPITEL 14

Ab dem zweiten Lehrjahr im Spätherbst hatte sich der Rhythmus dahingehend verändert, dass ich auch eine zweite Schicht arbeiten musste. Wir Lehrlinge kamen in den Betrieb hinaus. Wir waren nun nicht mehr nur in der Lehrwerkstätte, sondern arbeiteten in verschiedenen Abteilungen in der Produktion mit. Die zweite Schicht begann um 14.00 Uhr und dauerte bis 22.00 Uhr. Es gab einen Schichtbus, der uns Arbeiter an den Nachmittagen in die Firma brachte und spätabends wieder nach Hause fuhr.

Ich kam als erstes in die Zielfernrohrmontage, dort wurden unterschiedliche optische Einrichtungen wie Kimme und Korn oder Zielfernrohre auf verschiedenste Waffen montiert. Eine absolute Präzisionsarbeit, die sich im μm-Bereich – (1000stel Millimeterbereich) abspielte. Es gab ein schalldichtes Nebengebäude, in dem die Gewehre „eingeschossen" wurden, den sogenannten Schusskanal. Zu diesem Zweck wurden die Waffen in Spannvorrichtungen eingespannt und es wurden Schüsse auf eine Zielscheibe abgegeben. Die Kugelstreuung durfte über einen gewissen Bereich nicht hinausgehen.

In dieser Abteilung musste ich mit einem sogenannten „Elefantengewehr" schießen. Bei dieser Übung ging es nicht darum, auf ein Ziel zu schießen. Diese Übung diente dazu, zu lernen wie man sich bei der Schussabgabe einer schweren, großkalibrigen Waffe richtig positionierte.

Für mich war diese Erfahrung sehr ambivalent. Ich hasste Menschen die Elefanten töteten, aber ich mochte die Menschen, die in dieser Abteilung arbeiteten und ich war neugierig darauf, wie es sich anfühlte mit so einem Gewehr zu schießen.

Ich musste mich breitbeinig hinstellen und mir den Gewehrschaft fest in den vorderen Schulterbereich drücken, den Oberkörper dabei leicht nach vorne beugen. Alexander, mein Lehrlingskollege musste am eigenen Leibe erfahren, was mit einem passierte, folgte man diesen Anweisungen nicht. Er hatte sich den Gewehrschaft nicht genügend fest an den Körper gedrückt. Durch den heftigen Rückstoß bei der Schussabgabe fuhr ihm der Gewehrschaft ins Gesicht. Alexanders Wange schwoll an und färbte sich lila. Geschichten zufolge sollte es auch schon vorgekommen sein, dass es dem einen oder anderen Lehrling bei dieser Übung den Boden unter den Füßen weggezogen hatte.

KAPITEL 15

An einem Donnerstagnachmittag, als ich mit anderen Schichtarbeitern aus Fonsdorf zusammen im Wartehäuschen stand und auf den Schichtbus wartete, trat Herr Meier an mich heran und meinte, dass er am nächsten Tag selbst mit seinem Auto in die Arbeit fahren würde, und wenn ich mochte, könnte ich am Abend mit ihm nach Hause fahren. Natürlich wollte ich, so konnte ich nach der zweiten Schicht noch ausgehen, wenigstens zum Steinmeier, das würde sich noch auszahlen. Mit dem Bus wäre ich erst nach 23.30 Uhr zu Hause, mit dem Auto eine Stunde früher.

Am nächsten Tag nach der Arbeit wartete Herr Meier bereits auf mich in seinem weinroten Opel Ascona gleich hinter dem Pförtnergebäude, am Straßenrand parkend. Ich war froh mitfahren zu dürfen und nicht eine halbe Stunde in der Kälte auf den Bus warten zu müssen. Es war schon empfindlich kalt geworden, die Temperatur näherte sich dem Gefrierpunkt. Ich stieg ein und wir fuhren Richtung Fonsdorf. Wir unterhielten uns über belanglose Dinge. Herr Meier war der Vater von Didi und Reini. Didi knöpfte ich hin und wieder beim Kartenspielen Geld ab, und Reini war zwar einige Jahre älter als ich, aber ich kannte ihn aus der Zeit, in der ich viel am Fußballplatz war. Er spielte in der Kampfmannschaft. Wir fuhren die Bundesstraße entlang und nach ungefähr sechs Kilometern bog Herr Meier in eine Feldstraße ab.

Die zwanglose Unterhaltung fand ein jähes Ende. Plötzlich entstand eine unheimliche Stille. Es war nirgendwo ein Licht zu sehen, weder von einem Haus noch von einer fernen Straßenbeleuchtung, nur das Scheinwerferlicht seines Opel Ascona zeigte tänzelnd einige Meter des holprigen Weges vor uns, der schließlich in einen Wald mündete. Ich war wie paralysiert, ich bekam Todesangst. Herr Meier fuhr in das Waldstück hinein, schaltete den Motor ab, löste seinen Sicherheitsgurt. Er wuchtete seinen massigen Körper in meine Richtung und fasste mir zwischen die Beine. Er atmete tief und schwer, er stank nach Knoblauch aus dem Mund. Mein Körper versteifte sich, ich presste meine Beine zusammen, meine rechte Hand suchte die Autotür nach dem Türgriff ab. Damals gab es noch keine elektrische Zentralverriegelung. Ich konnte, wenn ich musste, jeden Moment die Türe aufstoßen und mitten in den finsteren Wald hineinlaufen.

Mein Herz hämmerte wie verrückt, in meinem Kopf dröhnte es, nur meine Stimme zeigte nichts von der Panik, die sich in meinem Inneren abspielte. Sie war ganz sanft und unaufgeregt, so als käme sie von außerhalb. Ich zog beim Sprechen meine Mundwinkel nach oben: „Aber nein, Herr Meier, bitte nicht." Ich zwang mich, mich betont ruhig zu verhalten. Ich dachte mir in dieser Sekunde, wenn ich jetzt hysterisch reagiere, brennen bei ihm die Sicherungen durch. Dann wird ihm vielleicht bewusst, was es für ihn bedeuten wird, wenn ich irgendetwas davon im Ort erzähle. Und so spielte ich, als hätte diese Situation nichts Außergewöhnliches.

Immer wieder führte ich seine Hand von mir weg. Ich weiß nicht mehr, ob ich noch etwas anderes zu ihm sagte, außer: „Aber nein, Herr Meier, bitte nicht." Ich sagte es ganz ruhig, immer und immer wieder. Es funktionierte. Herr Meier setzte den Motor in Gang und fuhr aus dem Wald zurück auf die Bundesstraße. Er schaltete sein Autoradio an, der Regionalsender spielte *Ganz in weiß* von Roy Black, er summte leise mit. Herr Meier ließ mich wie vereinbart beim Gasthaus Steinmeier aussteigen, sagte noch:

„Nichts für ungut, aber wer würde es nicht probieren?", und fuhr weiter, nach Hause zu seiner Familie.

Wie auf Knopfdruck löste sich meine Spannung. Ich sank in die Knie, ich begann am ganzen Körper zu zittern, dicke Tränen kullerten mir lautlos übers Gesicht. Ich ging nach Hause, zog nur meine Schuhe und meine Jacke aus und legte mich ins Bett. Mir war eiskalt, ich konnte nicht aufhören zu zittern, irgendwann schlief ich ein.

Als ich am nächsten Morgen erwachte, war ich tieftraurig und irritiert. Ich wusste, ich konnte mich niemandem anvertrauen. Würde ich es Christoph erzählen, würde er in seinem Zorn Herrn Meier zusammenschlagen, dessen war ich mir sicher. Jeder im Ort würde das mitbekommen, es würde einen riesigen Skandal geben. Ich würde mich nicht mehr auf die Straße trauen.

Mich ließ der Gedanke und das Entsetzen darüber nicht los, dass ein Mann, der schon so alt war, dass ihm die Haare ausgegangen waren, glauben konnte, dass ich, Siebzehnjährige, mich für ihn hübsch machen würde. Dieser Gedanke irritierte mich maßlos. Nie im Leben hätte ich daran gedacht, dass alte Männer mich als Frau sehen würden. Ich sah in ihnen doch auch keine Männer. Männer waren für mich vierundzwanzig, fünfundzwanzig, allerhöchstens achtundzwanzig. Aber fünfzig?! Herr Meier hatte Kinder, die so alt waren wie ich und älter. Man war verpflichtet, so jemanden zu grüßen, weil es sich gehörte, aber mehr auch nicht. Ich fühlte mich in meinem Wesen und in meiner Seele tief verletzt. Herr Meier war auf eine Art und Weise in meine Welt eingedrungen, die ich nicht fassen konnte. Tausend Gedanken schossen mir durch den Kopf. Wie sollte ich darauf reagieren? Ich fühlte mich plötzlich wieder hilflos und klein, in einer Welt, die scheinbar ganz anders funktionierte als ich dachte. Konnte es tatsächlich meine Schuld gewesen sein, dass mich jemand hatte benutzen wollen und dann sagte: „Nichts für ungut, aber wer würde es nicht probieren"?

Zuhause war nicht genügend Platz für mich und meine Gedanken und so fuhr ich, bei wenigen Graden über dem Gefrierpunkt, mit dem Fahrrad in den Wald, wo wir als Kinder immer mit unserem Vater unterwegs waren. Ich fuhr zu einer Stelle direkt am Fluss, zu einem kleinen Bootsanlegeplatz. Dieser kleine Fleck Erde bot gerade Platz für eine Holzbank. Dorthin fuhr ich oft, wenn ich mit meinen Gedanken allein sein wollte, so wie jetzt. Ich fühlte mich in meiner Haut nicht wohl. Wieder kamen die quälenden Fragen: „Wie sieht mich mein Umfeld? Bin ich zu freizügig?"

Meine Gedanken begannen hin und her zu springen. Meine Mutter war ja auch der Meinung, dass ich mich, so wie meine schöne Schwester Gisel, wie eine Hure herrichten würde. Ich war sehr traurig darüber, dass meine Mutter uns so sah. In diesem Moment wäre ich so gerne in tröstenden, beschützenden Mutterarmen gelegen. So gerne hätte ich in dieser Situation Zuspruch, Wärme und Trost von ihr gehabt, aber ich hätte wohl nur ihren Zorn zu spüren bekommen und sie hätte mir mit Sicherheit das Ausgehen verboten. Ihr konnte ich mich keinesfalls anvertrauen. Wenn ich die Sache im Ort publik machen würde, würden die Leute wahrscheinlich sagen: „Ist ja klar, seht euch das junge Ding an, die legt es ja bloß darauf an. Kein Wunder, dass die Männer verrückt werden. Das hat ja mal passieren müssen."

Statt dass man mir geholfen, und Herrn Meier verurteilt hätte, wäre mit Sicherheit ich am Pranger gestanden. Der arme Mann, würden sie sagen. Aber ich wusste jetzt, dass Herr Meier ein primitives Schwein war. Von wegen, braver Ehemann, Vater von vier Kindern, tüchtiger Arbeiter. Ich hatte erlebt, wie er wirklich war, nämlich ein scheinheiliges, perverses Schwein, nichts anderes. Ich beschloss, niemandem von dieser Geschichte zu erzählen und mir meine Lebensfreude von so einem ekeligen Menschen nicht nehmen zu lassen. Ich kam zu dem Schluss, dass nicht ich mich zu schämen hatte, sondern Herr Meier. Ich würde höchstens in Zukunft vorsichtiger sein und darauf achten, dass mir kein alter Mann mehr zu nahe kommen kann.

Als Herr Meier in seinen Siebzigern starb, ging das Gerücht um, dass er seine Stieftochter jahrelang sexuell misshandelt habe.

KAPITEL 16

Meine Mutter konnte Christophs Veränderung, verursacht durch seinen massiven Alkoholkonsum, nicht mehr ignorieren. Meine Eltern waren sich in diesem Punkt einig, dass das so nicht sein durfte. Natürlich gab meine Mutter den anderen, nämlich seinen Freunden, für seine maßlosen Besäufnisse die Schuld. Es passte nicht in ihr Weltbild, dass ihr Lieblingssohn für sein Handeln selbst verantwortlich sein sollte. Es gab kein Wochenende mehr, an dem er keinen Vollrausch hatte. Im Gegensatz zu seinen Freunden hatte Christoph keinen Spaß beim Feiern. Er rauchte kein Haschisch mehr, für ihn gab es nur mehr eine Droge. Die Droge Alkohol. Ich hatte bei Christoph nie erlebt, dass er sich ein kleines 0,3 l-Bier bestellte. Er trank das Bier halbliterweise und leerte die Gläser in zwei Zügen. Wenn er den ersten Schluck machte, rief er die Kellnerin, dass sie ihm doch gleich noch eine Halbe machen solle. Er hörte erst mit dem Trinken auf, wenn er nicht mehr stehen konnte. Selbst innerhalb der Clique wurde er zum Außenseiter. Er suchte Streit, er provozierte, er legte sich mit jedem an. Ich genierte mich immer mehr für ihn. Oft schickte ich ihn nach Hause, manchmal gehorchte er mir.

Die Spannungen beim sonntäglichen Mittagessen waren kaum mehr zu ertragen. Mein Vater sah ihn verächtlich an, fragte irgendwann: „Und haben wir wieder ordentlich gesoffen, ja?!" Mein Bruder mit noch einigen Promille Restalkohol im Blut und hasserfüllten Augen: „Kann schon sein." Meine Mutter mischte sich schnell ein: „Hört auf, beim Essen." Mir verging regelmäßig der Appetit. Wenn man Christoph fragte, was mit ihm los sei, sagte er nur: „Ich bin ein großer Bub." Was so viel heißen sollte wie: „Lass mich in Ruhe."

Ich hatte nun zu Hause gar keine Bezugsperson mehr, das machte mir aber nichts. Ich hatte mittlerweile viele Freundinnen und Freunde und meine Mutter ließ mir meine Freiheiten. Im Winter wollten Lisi und ich mit dem Zug Claudia in Ferlach besuchen, um gemeinsam in Kärnten Schi zu fahren. Dummerweise hatten wir vergessen, einmal umzusteigen, und so landeten wir stattdessen in Kitzbühel in Tirol. Wir fanden es witzig und suchten uns eine Unterkunft für eine Nacht. Wir gingen am Abend in die Disco und am nächsten Tag fuhren wir zu unserer Freundin weiter. Wir machten viele solcher kleinen Verrücktheiten. Zu Hause aß und schlief ich und meine Mutter machte mir die Wäsche. Liebe, Spaß und Anerkennung bekam ich von Fremden.

Ich lernte Dagmar kennen. Dagmar war eine Freundin von Dietmar, und ich kannte Dietmar aus den Mitter-Werken. Er machte die Lehre zum Werkzeugmacher. Während der Grundausbildung verbrachten wir einige Zeit miteinander.

Dagmar wollte auf die Kunsthochschule gehen, für ihre Bewerbung brauchte sie einige Bilder. Sie porträtierte mich. Ich war nun öfter bei ihr zu Hause und so lernte ich ihre Freunde kennen. Die Jungs studierten und kifften. In dieser Clique war ein junger Mann namens Fred. Fred war riesengroß, dünn und er hatte eine lange Nase, seine Haare waren schulterlang. Mir gefiel seine schüchterne und trotzdem irgendwie verschmitzte Art. Er hatte ein süßes Lächeln. Wir unterhielten uns mehr durch schüchterne Blicke, als mit Worten.

Es war Karfreitagabend und ich fuhr zu Dagmar. Fred und die anderen waren auch da. Wir rauchten einen Joint und Fred nahm mich zur Seite. Er fragte mich, ohne dass die anderen es hören konnten, ob ich nicht Lust hätte, mit ihm zu seinem älteren Bruder Stefan zu fahren, dort würde eine Party steigen. Er wollte nur mit mir allein hingehen und ich wollte das auch. Wir sagten den anderen, dass wir zu zweit losziehen würden, sie hatten kein Problem damit.

Fred und ich fuhren in seinem beigen, rostigen 2CV ein paar Kilometer durch die Landschaft, bis wir zu einem alten, abgelegenen Bauernhaus kamen. Sein Bruder Stefan wohnte dort in einer WG. Es waren bereits viele Leute da, alle um einiges älter als ich. Für mich sahen sie wie ein Haufen Intellektueller aus. Die Frauen trugen ihre langen Haare offen, waren stark geschminkt, viele trugen weite, lange Kleider, dazu riesigen Modeschmuck.

Manche der Männer hatten einen Vollbart, eine John-Lennon-Brille auf der Nase und trugen ihre langen Haare zu einem Pferdeschweif gebunden. Wer zu wem gehörte und wer zur WG, durchblickte ich nicht. Ich kannte niemanden.

Das Bauernhaus war heruntergekommen, es sah trotzdem sehr einladend aus. Die Wände waren in verschiedenen bunten Farben gestrichen, die Räume meist durch Perlenkettenvorhänge getrennt. Die Möbel verschlissen, aber es war alles da, was man brauchte. Fred stellte mich kurz seinem Bruder vor. Stefans Erscheinungsbild unterschied sich zur Gänze von dem seiner Gäste. Er hatte eine sehr sportliche Figur, schöne Gesichtszüge und eine edle Adlernase. Er trug seine Haare kurz, sein Teint war hellbraun. Er hatte eher etwas von einem sportlichen Surfer auf Hawaii, als von seinen Hippiebrüdern. Ich konnte auch keine Ähnlichkeit zu Fred erkennen. Stefan war um einen ganzen Kopf kleiner als sein jüngerer Bruder. Er sah mich nicht mal richtig an, sagte nur: „Viel Spaß", und war sogleich im Gemenge der Gäste verschwunden.

Es war eine Riesenparty. Im Garten waren bunte Lampions aufgehängt, es gab ein Lagerfeuer, es wurde gegrillt. Fred ging noch einmal zu seinem Wagen zurück und holte eine Decke. Wir bedienten uns bei den Grillwürstchen, schnappten uns eine Flasche Wein, gingen etwas abseits und breiteten die Decke unter einem Baum aus.

Das Bauernhaus lag abgelegen, rund um uns waren nur Wiesen, Felder und ein paar Obstbäume. Fred hielt, was er versprach. Er war aufmerksam, intelligent, witzig, sehr liebenswürdig. Der Alkohol und die Joints, die wir rauchten, verfehlten ihre Wirkung nicht. Ich lachte Tränen mit Fred und er mit mir. Schließlich fuhren wir in dieser Nacht nicht nach Hause. Ich fand mich in einem Zimmer wieder, eigentlich fand ich mich in einem Bett mit Fred wieder. Ich kann nicht mehr beschreiben, wie es in diesem Zimmer aussah. Fred und ich verschmolzen für viele Stunden ineinander. Ich verlor mich im Rausch der Sinne. Wir liebten uns unaufhörlich, schliefen vor Erschöpfung ein, weckten uns gegenseitig durch unbeabsichtigte Berührungen und liebten uns wieder und immer wieder. Tag und Nacht lösten sich ab. Wenn ich aufwachte, wusste ich nicht wie spät es war. Die dunkelbraunen Vorhänge vor den kleinen Fenstern waren zugezogen. Fred brachte Essen ans Bett, wir tranken Alkohol, alberten rum, kifften und liebten uns.

Ich ging in der Nacht von Karfreitag auf Karsamstag mit Fred ins Bett und verließ es am Ostermontagnachmittag. Ich bekam mit, wie Stefan Fred zur Seite nahm und sorgenvoll fragte: „Wer ist die Kleine?" Ich glaube, er bekam ein mulmiges Gefühl. Berechtigt, es gab damals kein Handy, meine Eltern wussten nicht, wo ich war. Mir war es egal. Ich rechnete damit, dass meine Mutter mich schlagen oder zumindest ganz fürchterlich beschimpfen würde. Vielleicht suchte auch bereits die Polizei nach mir?

Es war mir egal. Es war mir alles egal. Ich weiß nicht mehr, wer mich nach Hause brachte oder wo man mich aussteigen ließ. Ich kann mich nur mehr daran erinnern, dass das Wetter herrlich war. Die Sonne strahlte vom Himmel, es war sehr warm und ich kam völlig zugedröhnt nach drei Tagen und drei Nächten nach Hause. Meine Mutter war völlig aufgelöst. Keine Spur von Aggressivität, so wie ich es von ihr erwartet hätte.

Sie schien ernsthaft froh darüber, dass ich heil zu Hause war. Es hätte nicht viel gefehlt und sie hätte mich tatsächlich in ihre Arme genommen. Nein, so etwas hätte meine Mutter natürlich nie gemacht. Jedenfalls sagte sie mir, dass mein Vater ihr in diesen schwierigen Tagen eine große Stütze gewesen wäre, dass sie nicht gewusst habe, was sie getan hätte, wäre mein Vater nicht gewesen. Sie sah mich in ihren Gedanken geschändet, irgendwo in einem Maisfeld liegen. Es war mir egal.

KAPITEL 17

Es kam die Zeit, in der ich wieder nach Kärnten in die Berufsschule fahren musste. Das Porträtbild von mir war schon lange fertig und so löste sich auch die Verbindung zu Dagmar, Fred und dem Rest der Clique auf.

In diesem Berufsschuljahr war ich nicht so ehrgeizig, was die schulischen Belange betraf. Die zweite Klasse war aber auch die schwerste.

Ballistische Berechnungen im Theoriebereich und einen Deutschen Stecher fertigen im Praxisbereich, fielen mir trotz der Unterstützung meiner Schulkameraden sehr schwer. In diesem Jahr hatte ich einen Freund. Sein Spitzname war Ranftl. Ranftl war jener Junge, mit dem ich schon in der ersten Klasse geliebäugelt hatte. Er war ein zarter blonder Jüngling, sein Vater besaß ein Jagdwaffengeschäft in Salzburg.

Auch Lisi war dieses Jahr in der Liebe erfolgreich. Diesmal wurde wesentlich mehr Alkohol getrunken, wir gingen abends viel aus, die Schule kam zu kurz. Am Ende der zwei Monate stand Ranftl mit uns am Bahnhof und spielte auf seinem tragbaren Kassettenrecorder immer und immer wieder das Lied von Jennifer Rush *The power of love*, solange, bis der Zug mit Lisi und mir den Bahnhof verlassen hatte. In diesem Jahr wurden wir für unsere schulischen Leistungen nicht ausgezeichnet.

Wieder zu Hause, traf ich mich mit meiner alten Clique. Michael und ich waren nur mehr beste Freunde. Ewald war neu in der Clique. Ewald trank weniger, dafür kiffte er umso mehr. Christoph war nur mehr hin und wieder dabei, er mochte Ewald nicht. An den Wochenenden fuhren wir nun öfter gemeinsam in die zehn Kilometer entfernte Stadt Sams und gingen dort ins Pub.

Wenn man das Pub betrat, stand man zuerst vor einem schweren, langen Wollvorhang, der den Eingangsbereich vom Lokalbereich trennte. Wenn man ihn passierte und nach links den schmalen Gang entlang ging, war man im vorderen Bereich, hier saßen meist wir, die Leute vom Land. Ging man vom Eingangsbereich nach rechts weiter, kam man in den hinteren Bereich, dort hielten sich die Einheimischen, die Stadtmenschen auf. Die lange Bar in der Mitte war das Verbindungsglied zwischen vorderem und hinterem Bereich. Die Sitzbänke waren mit rotem Samt bespannt, die Tische aus schwarzgelacktem Holz. Die Fenster hatten einen blickdichten Anstrich, sodass untertags niemand von außen in das Lokal sehen konnte. Der gesamte Boden war mit rotem Teppich ausgelegt. Die Beleuchtung war schummrig, die Musik dafür umso lauter. Das Publikum bestand meist aus Stadtleuten. In unserem Bereich blieben immer viele kleine Tische unbesetzt.

Auch wenn Sams nicht gerade eine Metropole war, war der Unterschied zwischen den Männern aus der Stadt und den Männern vom Land schon rein optisch nicht zu übersehen. Allein deswegen, weil Michael und Konsorten keinen besonderen Wert auf ihr Äußeres legten. Die jungen Männer aus der Stadt waren allesamt ansprechender gekleidet. Es gab ein paar Popper, aber die meisten unterwarfen sich keinem bestimmten Modetrend. Sie sahen einfach sehr gepflegt aus.

Weiße T-Shirts oder farbige Hemden getragen meist zu Anzughosen oder Jeans, Sakkos, manche mit Schulterpolstern, dazu wurden Turnschuhe getragen. Sie hatten gepflegte Haare, einige wenige trugen einen Vokuhila. Diese Frisur zeichnete sich dabei durch Stirnfransen, kurzes, mitunter anrasiertes Haar an den Seiten und mindestens schulterlanges Haar am Hinterkopf aus.

Die Burschen aus meiner Clique waren zwar allesamt geduscht, aber ihre Kleidung war von vorgestern. Sehr prägnant wurde der Unterschied, wenn die Landmänner zu viel getrunken hatten. Da gab es dann für die Jungs kein Halten mehr, es wurde rumgegrölt, jeder wurde umarmt und geherzt und sie schliefen an Ort und Stelle ein, wenn dann nichts mehr ging. Vielleicht hatten wir aus diesem Grund unseren eigenen Lokalbereich. Ab einer gewissen Uhrzeit distanzierte auch ich mich von meinen Freunden, nämlich dann, wenn es selbst mir zu viel wurde und ich mich für meine Freunde zu schämen begann. Ich trank zwar auch zu viel, aber ich versuchte, nicht so deplatziert zu wirken wie meine Freunde, hoffte ich zumindest. Ich versuchte, mich nicht so gehen zu lassen, versuchte immer in meinem angetrunkenen Zustand, noch irgendwie geheimnisvoll zu wirken, was mich sicher ziemlich blöd aussehen ließ. Schließlich konnte auch ich nicht verbergen, woher ich kam. Ich interessierte mich zwar schon lange für Mode und kaufte mir regelmäßig die Vogue und Elle, war aber dennoch weit entfernt von der Lady, die ich gerne gewesen wäre.

KAPITEL 18

Die Rock-Band BAP gab in der dreißig Kilometer entfernten Großstadt Fils ein Konzert. Ewald, Michael und ich waren dabei. Ich verstand zwar die meisten Liedtexte wegen des Kölner Dialekts nicht, aber das störte nicht weiter. Es war ein lässiges Konzert, es waren viele coole Typen zu sehen, die Stimmung war bestens. Wir drei gingen, wie die meisten anderen Konzertbesucher auch, nach der Veranstaltung in die Innenstadt, um weiter zu feiern. Wir landeten im Lokal *Vanille* im Bermudadreieck der Filser Ausgehmeile.

Eigentlich spielte es keine Rolle, welche Unternehmungen wir machten, mit Michael war bald nichts mehr anzufangen. Michael war stark angetrunken. Er kicherte ständig und lallte immer wieder: „Hanne, ich liebe dich", nach Umarmungen heischend. Ich mochte Michael, auf seine Art und Weise. Er war ein Riesenbaby, lieb, gutmütig, aber oft genierte ich mich für ihn. An seiner Seite konnte man sich nur schwerlich im besten Licht präsentieren.

An einem Stehtisch, nicht weit von unserem entfernt, stand ein Mann, er war mir im Pub schon ein paar Mal aufgefallen, mit seinem Freund, den kannte ich auch vom Sehen und einer unheimlich attraktiven, langbeinigen Blondine in High Heels. Sie kannte ich nicht vom Sehen. Die Blondine trug ein enges, kurzes rotes Kleid und schwarze Netzstrümpfe. Die Lady war heiß.

Ich fixierte den Mann an ihrer Seite, der sich rhythmisch zu *Fräulein Josefine* von Hansi Lang bewegte. Er und einige andere Lokalgäste grölten beim Refrain laut mit. Er blickte immer wieder zu mir und lächelte mich an. Ich hoffte zumindest, dass es mir galt. Ich rückte von Michael weiter weg, damit der Fremde nicht glaubte, dass ich Michaels Intimfreundin sei. Ich drehte mich so, dass ich besser unabsichtlich und zufällig in seine Richtung sehen konnte. Wie immer wusste ich nicht, wie ich mich in so einer Situation verhalten sollte, um interessant zu wirken. Ich groovte im Takt leicht mit, lächelte zu ihm rüber, drehte mich weg, zündete mir eine Zigarette an, schaute wieder verstohlen zu ihm. Er flüsterte der Blondine etwas ins Ohr, sie lachte auf und warf ihren Kopf dabei in den Nacken.

Oh Gott, bei so einem hab ich in hundert Jahren keine Chance, ging es mir durch den Kopf. Michael, mit einer Hand seinen Kopf abstützend, riss den zweiten Arm in die Höhe: „Eine halbe Cola Rot", nuschelte er unverständlich. Die Musik war viel zu laut, aber auch ohne Musik hätte wohl außer mir niemand verstanden, was er wollte. Ewald war schon seit einer Weile zu angeblich anderen Bekannten geflüchtet. Ich drehte dem Schönen meinen Rücken zu, ich stand jetzt Michael direkt gegenüber und bewegte mich ganz eng und geschmeidig zur Musik.

Ich ignorierte den schönen Fremden scheinbar, hoffte dabei aber inständig, dass er mich beobachten würde. Ich wollte einen äußerst entspannten Eindruck machen und tat so, als würde ich mich mit Michael unterhalten. Mit dem konnte sich nur niemand mehr unterhalten. Michael hatte jedenfalls das Talent, dass er im Stehen schlafen konnte, ohne dabei umzufallen. Michael, die Attrappe. Ich glaubte, die Blicke des Fremden im Nacken zu spüren. Sie spielten jetzt *And Nobody* von Chaka Khan, mein Lieblingslied. Er muss sicher um die zehn Jahre älter sein als ich, schießt es mir durch den Kopf. Vergiss es Hanne, sagte ich mir, die Blonde ist seine Kragenweite. Genau so eine passt zu ihm. Sie ist das ganze Gegenteil von mir. Ich klein, dünn, dunkelhaarig im Vergleich zu ihr eher sexuell unerfahren. Ich wollte nicht wissen, was so eine alles konnte und sicherlich auch machte. Die Männer mussten allesamt verrückt nach ihr sein. Michael war nach mir verrückt. Ich musste lachen bei diesem Gedanken.

Egal, dachte ich, wenn ich mich jetzt umdrehe und er sieht zu mir her, dann habe ich eine Chance bei ihm.

Er war weg. Er war weg und die Blondine auch. Sein Freund war noch da. Vielleicht ist er nur kurz austreten. Ach was soll's. Soll nicht sein. Ich drehte mich wieder zu Michael und zündete mir erneut eine Zigarette an.

„Deinem Freund geht es aber nicht mehr gut." Er stand jetzt neben mir, ich lief rot an. Zum Glück konnte das bei dieser Beleuchtung niemand sehen, auch er nicht.

„Wir kennen uns vom Pub."

„Vom Sehen, ja."

„Ich bin Sigi, hast du Lust mit uns ins *Sixbag* zu fahren? Dein Freund kommt sicher anders nach Hause."

„Ich würde sehr gerne mit euch mitfahren, ich muss nur schnell einen Freund suchen und ihn fragen, ob er sich um Michael kümmern kann." Sigi nickte und ich suchte im Lokal fieberhaft nach Ewald.

Als ich ihn gefunden hatte, erklärte ich ihm, dass ich nach Hause fahren wollte. Ich dachte, das klingt netter als, ich habe einen Mann getroffen, mit dem möchte ich den Rest des Abends verbringen und dafür lass ich Michael im Stich.

Ewald versicherte mir, dass er sich um unseren gemeinsamen Freund kümmern würde. Ich konnte beruhigt abziehen.

Die anderen warteten bereits vor der Tür auf mich. Alexander und Susan stellten sich mir vor und dann gingen wir zu Sigis Auto, das er in einer Nebenstraße geparkt hatte. Die Drei unterhielten sich, ich hörte nicht zu.

Ich kannte die Automarke von Sigis Wagen nicht, ein absolut untypisches Auto für unsere Gegend. Es sah aus wie ein amerikanischer Schlitten. Es hatte flossenähnliche Anbauten, seitlich am Heck des Autos.

Sigi setzte sich hinters Steuer, die Blondine und ich saßen hinten.

Ihr Parfum war sehr süß, für meinen Geschmack zu süß und aufdringlich. Wir fuhren ins *Sixbag*. Ich war noch nie in dieser Disco.

Wir waren ziemlich lange unterwegs, Sigi spielte in seinem Autoradio mit eingebautem Kassettenlaufwerk Musik von Haindling und Ringsgwandl. Er sang mit. Alexander, neben ihm, begann einen Joint zu drehen.

Sigi fuhr von der Hauptstraße ab und suchte ein abgelegenes Plätzchen, wo uns niemand stören konnte. Er machte den Eindruck auf mich, als würde er sich in dieser abgelegenen Gegend gut auskennen. Wir parkten an einem Waldrand und rauchten den Joint.

Mir genügten ein paar wenige Lungenzüge, um völlig high zu sein. Wir fuhren weiter, ich lehnte meinen Kopf gegen die Autoscheibe, um mein Gesicht abzukühlen. Irgendwann kamen wir in der Disco an. Mein erster Eindruck war, dass in dieser Disco sicherlich noch nie jemand Foxtrott getanzt hatte.

Der Laden war gesteckt voll, die Besucher sahen allesamt wie Paradiesvögel aus, aus den Boxen dröhnte ohrenbetäubend Depeche Mode.

Ich nahm Sigis Unterarm und ließ mich von ihm hinbringen, wohin auch immer. Ihm und den anderen zwei merkte man gar nichts an, sie wirkten absolut cool und souverän. Mir war nicht gut, mir war schwindelig. Das flackernde Neonlicht, die dicke Luft und die ohrenbetäubende Musik gaben mir den Rest.

Irgendwer hatte Getränke besorgt. Sigi und Susan verschwanden auf der Tanzfläche. Ich war nicht fähig zu tanzen. Ich weiß nicht mehr, wie lange wir in der Disco waren, jedenfalls war ich heilfroh, als ich wieder zurück im Auto war. Endlich Ruhe. Ich bekam von der Heimfahrt nichts mit. Erst als wir in Sams waren, weckte mich Sigi. Die beiden anderen waren schon weg. Sigi fuhr mich noch die zehn Kilometer zu mir nach Hause.

Ihm schienen der Alkohol und die Drogen nichts anhaben zu können. Er wirkte auf mich, wie viele Stunden zuvor, als er mich im *Vanille* angesprochen hatte. Als er mich daheim absetzte, verabredeten wir uns für das nächste Wochenende im Pub.

KAPITEL 19

Ich durfte mir jetzt bloß keine zu großen Hoffnungen machen und auf keinen Fall durfte ich mich irgendwie blöd benehmen. Sigi war sehr nett zu mir gewesen, gab mir aber nicht das Gefühl, dass er von mir etwas wollte. Wir hatten uns zum Abschied nicht einmal geküsst.

Die Vorfreude auf das kommende Wochenende ließ die Woche relativ schnell vergehen. Ich arbeitete die ganze Woche fleißig und am Freitag gleich nach der Arbeit, eilte ich in die Stadt, um mir neue Klamotten zu kaufen.

Ich kaufte mir einen weißen engen Rock, ein pink-weiß getupftes, ebenfalls hautenges Top und einen breiten weißen Gürtel, der meine Taille betonen sollte, und weil ich schon beim Shoppen war, kaufte ich auch noch einige Kosmetikartikel. Duftende Badeöle, Körpercremen und Make-up.

Zu Hause wurde alles benutzt. Zum Glück war genügend Warmwasser im Boiler und so gönnte ich mir ein Vollbad mit dem neuen, nach Jasmin duftenden Badezusatz. Ich pflegte und schminkte mich, zog mir die frisch gekauften Sachen an und lackierte mir die Nägel passend zum Oberteil in pink. Ich war bereit.

Als ich das Pub betrat, ging ich nach rechts in den hinteren Bereich des Lokals. Sigi, Alexander und Susan waren da und einige andere aus ihrer Clique, die ich aber nur vom Sehen kannte. Sigi grüßte mich von der Ferne, er war in ein offensichtlich wichtiges Gespräch mit einem anderen Mann verwickelt. Ich stellte mich zu Susan, die allein an der Bar stand und fragte, wie es ihr ginge. Wir redeten über belanglose Dinge.

Sigi und sein Gesprächspartner verließen das Lokal, ohne mir auch nur einen Blick zu widmen. Alexander folgte ihnen. Da stand ich nun wie bestellt und nicht abgeholt, mit der sexy Susan an der Bar. Ich trank viel, meine Enttäuschung verschwand dadurch nicht, ich versuchte mir aber nichts anmerken zu lassen. Irgendwann, nach einer halben Ewigkeit, kamen die drei zurück.

Sie waren sehr stark angeheitert, aber nicht vom Alkohol. Sie wirkten abgehoben, sie schienen in ihrer ganz eigenen Matrix zu sein. Sigi registrierte mich und die übrigen Gäste gar nicht. Er lachte mit Alexander, sie konnten sich gar nicht mehr einkriegen. Ich blieb noch eine Weile und fuhr dann per Autostopp nach Hause.

Am nächsten Abend ging ich wieder ins Pub. Ohne mich am Vorabend mit irgendjemanden aus Sigis Clique verabredet zu haben, ging ich in den hinteren Bereich des Lokals. Sigi, Alexander und Susan waren heute nicht da. Es war mir egal, ich bestellte mir was zu trinken, rauchte und hörte Musik. Ich konnte von meiner Position aus den Eingang beobachten und sah wie Michael, Sepp und mein Bruder hinter dem schweren Vorhang hervorkamen und nach links weggingen. Ich wechselte in ihren Bereich über. Ich weiß nicht, wie sie es anstellten, es war noch früher Abend, aber die drei waren schon sturzbetrunken. Michael begrüßte mich überschwänglich, Sepp neutral und mein Bruder fragte mich, mit wem ich da sei. Ich log, und sagte ihm, dass ich mit Margit da sei und machte eine flüchtige Handbewegung in Richtung hinteren Lokalbereich. Ich kannte gar keine Margit, aber ich wusste, die Antwort würde ihn befriedigen.

Ich setzte mich zu ihnen und schielte verstohlen zum Eingang. Und tatsächlich, es dauerte nicht lange und Sigi kam, allein, hinter dem dicken Vorhang hervor.

Er ging nach rechts weg. Er sah mich nicht. Meine Stimmung hob sich signifikant.

Jetzt ging es mir gut. Ich wurde auf einen Schlag zuckersüß zu meinen Freunden und zu meinem Bruder, um ihnen sogleich zu sagen, dass ich nun wieder zu meiner Freundin Margit gehen müsse. Michael meinte noch, dass doch meine Freundin zu ihnen rüberkommen könne, aber ich stieg nicht darauf ein, wünschte ihnen noch viel Spaß und schlenderte betont langsam in den hinteren Bereich des Lokals.

Sigi sah mich gleich. Er lachelte und deutete an, dass ich zu ihm kommen solle. Wir grüßten einander mit gegenseitigen Wangenküssen, ich setzte mich zu ihm an den Tisch, über den Vorabend sprachen wir kein Wort. Wir redeten über den Abend als wir in der Disco waren und dann sagte mir Sigi, dass er bald in den BMW-Werken in München arbeiten werde und er wolle, dass ich ihn dort besuchen käme. Er meinte, dass er schon in vierzehn Tagen in Deutschland sei. Er würde dann sehr unregelmäßig, jeweils für ein paar Tage nach Hause kommen und deswegen möchte er, dass ich gleich am ersten Wochenende, das er in Deutschland verbringt, zu ihm komme. Ich bräuchte nur am Freitag mit dem Zug nach München fahren, am Sonntag würde er mich mit seinem Auto nach Hause bringen, da er die darauffolgenden Tage frei hätte. Er meinte noch, dass ich mir keine Sorgen machen solle, er würde das schon mit meiner Mutter regeln.

Es gesellten sich einige Freunde von Sigi zu uns. Wir unterhielten uns nun über belanglose Dinge, irgendwann später fuhr er mich nach Hause.

Tatsächlich suchte Sigi eines Tages unter der Woche, als ich in der Arbeit war, meine Mutter auf. Ich konnte es nicht fassen. Und das Ärgste war, meine Mutter erlaubte, dass ich übers Wochenende allein nach München fahre, um dort die Zeit mit einem ihr vollkommen fremden Mann zu verbringen.

Ich war unglaublich beeindruckt von Sigi, ich wollte ihn unbedingt näher kennen lernen, beziehungsweise freute ich mich darüber, dass ein, in meinen Augen, so weltgewandter Mann mit mir seine Zeit verbringen wollte. Mich wollte er, wo er doch Frauen wie Susan haben konnte. Und ich würde in eine Großstadt kommen. Endlich raus aus diesem kleinen Kaff. Ich dachte mir, wenn Sigi seine Zeit mit mir verbringt, dann würde zwangsläufig etwas von seiner Coolness auf mich abfärben. Ich sah in Sigi die Eintrittskarte in die große, weite Welt.

Meine Familie hatte nie Urlaub gemacht. Undenkbar, dass wir in den Ferien, so wie meine Freundinnen, nach Caorle oder Lignano, gefahren wären. Wir machten ja nicht einmal Wochenendausflüge. Und jetzt durfte ich nach München, allein.

Ich war riesig aufgeregt. Was für ein Theater musste Sigi meiner Mutter vorgespielt haben. Wie leicht war sie im Grunde zu täuschen, wenn man ihr nur Honig ums Maul schmierte, dachte ich.

Konnte es sein, dass sie genauso anfällig für Aufmerksamkeiten war, wie jeder andere, normale Mensch auch?

Ihre große Liebe, wie sie hin und wieder sagte, war ihr erster Mann. Er musste viel zu früh sterben. Nach dem was meine Mutter erzählte, war im Krankenhaus ein Behandlungsfehler passiert. Jedenfalls musste meine Mutter ihren Franz abgöttisch geliebt haben, so wie sie von ihm schwärmte. Immer wieder erwähnte sie was für ein toller Mann er doch gewesen war, was für ein exzellenter Tänzer und Ehemann. Als er starb, waren meine

Halbgeschwister Gisel und Fritz noch sehr klein. Meine Mutter hatte erzählt, dass sie nach dem Tod ihres ersten Mannes völlig mittellos war. Die Krankenhauskosten hatten all ihre Ersparnisse aufgefressen. Sie war gezwungen, sich um einen neuen Mann umzusehen, damit sie mit ihren beiden kleinen Kindern überleben konnte. Ihre Wahl fiel auf meinen Vater.

Beim Kartenspielen kamen sie sich näher. Diese Szene erzählte mein Vater irgendwann. Dass ihm beim Kartenspielen ständig die Karten runterfielen, er sich danach bückte und dabei, ganz zufällig, die Beine meiner Mutter berühren musste. Christoph, so betonte meine Mutter, war noch ein Wunschkind.

In meinem Vater hatte sie offensichtlich auch eher ein weiteres Kind gesehen, als einen Partner an ihrer Seite. Wirklich geliebt hatte sie wohl nur ihren ersten Mann. Vielleicht hatte Sigi sie an ihn erinnert.

KAPITEL 20

Ich fuhr an einem Freitagnachmittag mit dem Zug nach München. Sigi hatte alles organisiert und mir erklärt, dass, sobald ich in München ankäme, ich mich von einem Taxi in ein bestimmtes Lokal fahren lassen solle, um dort auf ihn zu warten. Ich bräuchte mich nicht zu ängstigen, in diesem Lokal seien lauter Freunde von ihm, sie würden auf mich achten, sich um mich kümmern. Er würde noch arbeiten müssen und zwei Stunden später zu mir kommen. Und so passierte es auch.

Als Sigi kam, hatte ich bereits eine Kleinigkeit gegessen und wir fuhren direkt zu ihm, in seine Wohnung. Ich kann mich an die Einrichtung nicht mehr erinnern. Ich kann mich daran erinnern, dass Sigi mir ein Vollbad einließ und, dass er mich wie ein kleines Mädchen badete. Ich lag in einem duftigen Orange-Lavendel-Schaumbad. Sigi kniete außerhalb der Wanne und wusch mich. Er fuhr mir mit einem Schwamm vom Hals über die Schultern, in kreisenden Bewegungen über die Brüste, langsam den Bauch hinab, noch langsamer glitt er mit dem Schwamm an meinen Innenschenkeln entlang. Ich drehte mich auf den Bauch und er strich von meinen Beinen über den Po und Rücken hinauf, zurück in den Nacken.

Er küsste mich sanft in die Halsbeuge. Ich musste in der Wanne aufstehen. Er trocknete mich mit einem großen Badetuch ab und hob mich aus der Badewanne. Er trug mich in sein Schlafzimmer und legte mich sanft auf sein Bett.

Sigi fragte mich, ob ich auch eine halbe Tablette nehmen wolle. Ich sagte ja, ohne zu hinterfragen, was das für eine Tablette sei. Ich vertraute Sigi. Er wusste, was er tat. Danach ölte er mich am ganzen Körper ein und wir schliefen das erste Mal miteinander. Es dauerte fast die ganze Nacht.

Am nächsten Tag ging es mir nicht besonders gut. Ich war fahrig. Ich erklärte mir die innere Unruhe damit, dass ich ja fast nicht geschlafen hatte. Wir frühstückten in seiner kleinen Küche und anschließend gingen wir in München spazieren.

Am Nachmittag fuhren wir in ein Hallenbad. Die warme, feuchte Luft setzte mir gehörig zu. Sigi meinte, wenn ich eine halbe Tablette nehmen würde, würde es mir gleich wieder besser gehen. Ich nahm sie, aber meine brennenden müden Augen und die bleierne Schwere blieben und die innere Unruhe verstärkte sich. Ich fühlte mich wie zerrissen. Todmüde, aber mein Herz raste. Wir fuhren in seine Wohnung zurück und ich legte mich in sein Bett. Ich lagerte meine Beine hoch, konzentrierte mich darauf, langsam zu atmen und hoffte dadurch mein wild pochendes Herz zu beruhigen. Es gelang mir nicht wirklich.

Ich schlief auch in dieser Nacht so gut wie nichts. Den ganzen nächsten Tag, bis zum späten Nachmittag verbrachten wir im Bett, dann fuhr Sigi uns nach Hause.

Während der zwei Stunden dauernden Fahrt, sagte mir Sigi, dass Maria seine Freundin ist und sie zusammen zwei Kinder haben. Er sagte das ohne jede Aufgeregtheit. Ich saß neben ihm und suchte das Bild von ihr in meinen Gedanken. Ich kannte Maria vom Pub. Maria ist ganz anders als Susan, fiel mir ein. Maria ist eine unaufdringliche Schönheit. Sie hat eine ganz besondere Ausstrahlung. Ein ruhiges, sanftes Wesen, ein wenig unnahbar, fast ein wenig kühl. Und das ist also die Freundin von Sigi, und sie haben zwei Kinder zusammen, ging es mir durch den Kopf.

In diesem Moment wusste ich nicht, wie ich mich fühlen sollte. Ich sollte ein schlechtes Gewissen haben. Hatte ich auch ein wenig, aber durch die Art, wie Sigi mit all dem umging, wollte ich die Sache in diesem Moment nicht wirklich an mich ranlassen. Sigi erzählte es so, als ob es mich nicht wirklich beträfe. Er hat die alleinige Verantwortung dafür, was geschieht, dachte ich mir. Niemals wollte ich mich je in eine Beziehung drängen. Ich fand so ein Verhalten absolut schäbig und billig, aber in diesem Fall hatte ich nicht den Eindruck, dass ich das tun würde. Außerdem hatte ich mit mir selbst zu tun. Mein Herz schlug immer noch viel zu schnell und meine Wangen glühten vor lauter Hitze.

Ich wollte mich nicht aufregen, ich überlegte, dass Sigi wahrscheinlich mehrere Freundinnen habe. Er gab mir auch nicht das Gefühl, dass wir irgendwie ein Pärchen waren. Er gehörte wohl zu niemanden fix. Er war in seiner ganz eigenen Welt. Immer auf Achse. Bei jeder guten Party dabei. Er nahm sich was und wen er wollte. Er hatte eine unheimliche Anziehungskraft, ohne dabei irgendein Versprechen abzugeben. Er gab mir das Gefühl, dass es so, wie es war, genau richtig sei.

Ich schob diese Gedanken beiseite und freute mich vorerst auf meinen langweiligen, vorhersehbaren Alltag. Ich freute mich auf das unaufgeregte Fonsdorf, auf meine einfachen, lieben Freunde, sogar auf meine Arbeit freute ich mich.

Als mich Sigi allerdings bei mir zu Hause aussteigen ließ, meinte er, dass er mich am nächsten Tag von der Arbeit abholen würde und wir uns einen netten Abend machen könnten. Ich sagte ihm, dass ich mich freuen würde und freute mich stattdessen auf mein Bett, ich hoffte darauf, endlich schlafen zu können.

Zu Hause war alles friedlich. Ich war zur verabredeten Zeit zurück. Ich erzählte irgendwelche Lügen, meine Mutter schien zufrieden. Bei dieser Gelegenheit erzählte ich, dass ich am nächsten Tag nach der Arbeit mit Lisi verabredet sei und ich nicht zum Essen nach Hause kommen würde. Ich legte mich um acht Uhr abends ins Bett, und schlief bis fünf Uhr morgens durch.

Am nächsten Tag war die innere Unruhe weg. Mir ging es sogar so gut, dass ich in der Firma damit prahlte, dass ich das Wochenende in München verbracht hatte. In meiner Erzählung erwähnte ich mit keiner Silbe, wie schlecht es mir gegangen war, stattdessen schwärmte ich Lisi von Sigi vor. Was für ein toller und weltmännischer Typ er doch sei, dabei steigerte ich mich in eine Vorfreude auf ihn hinein. Er würde ja bald wieder in München sein, ausschlafen konnte ich danach.

Wie verabredet, holte mich Sigi von der Arbeit ab. Er stand am Kundenparkplatz mit seinem Wagen. Ich bildete mir mächtig was ein, als ich zu ihm in seinen Schlitten stieg und hoffte, von einigen Kollegen und Angestellten dabei beobachtet zu werden.

Es war noch ein wunderschöner und warmer Tag für Ende September. Sigi entschied, dass wir in eine Mostschenke fahren sollten, es war mir recht.

Sigi fuhr ganz langsam, er groovte, dafür drehte er den Autokassettenrekorder laut auf. Zeit spielte in Sigis Gegenwart keine Rolle, sie war unwichtig. Wir glitten mit heruntergelassenen Autoscheiben und ohrenbetäubenden Depeche Mode auf einer Wolke der Gleichgültigkeit. Sigi sang laut mit, grinste mich immer wieder an, strich mir dabei übers Gesicht und bewegte seinen Kopf im Takt. Ich an seiner Seite, war fasziniert von seiner Andersartigkeit. Ich lachte und versuchte meine Körperbewegungen mit Sigis Rhythmus zu synchronisieren.

Wir waren die einzigen im Schanigarten. Wir bestellten Most und eine Brettljause. Sigi gab mir wie selbstverständlich eine halbe Tablette, er hatte sicher schon zuvor einiges eingeworfen. Die Tablette tat sehr rasch ihre Wirkung, ich verlor mich und meine Umwelt. Den einzigen, den ich nicht verlieren durfte, war Sigi. An ihm musste ich mich festhalten. Die Toilettenanlage aufzusuchen, stellte mich vor eine große Herausforderung. Ich war mit meinen Gedanken so abgehoben, dass ich nur schwer den Weg zur Anlage und wieder zurück zu unserem Tisch fand. Als ich nach dem, wie es mir vorkam, ewig dauernden Ausflug, wieder bei Sigi landete, verspürte ich großen Durst und machte einen Schluck vom sauren Most. Ich fand es witzig, wie mich die Säure des Getränks Grimassen schneiden ließ, ohne mich dagegen wehren zu können. Ich fand überhaupt alles witzig. Sigi sah witzig aus, die Bäume fand ich witzig, der Wirt mit seiner weißen Bauchschürze, der uns die Brettljause servierte, war in meinen Augen sehr witzig. Ich saß da, wie ein kleines Mädchen, mit einem, in mein Gesicht gemeißelten, breiten Grinsen. Essen wollte ich nichts, ich hatte keine Lust dazu.

Wir blieben bis zum Einbruch der Dunkelheit, danach fuhren wir weiter ins *Sixbag*. In der Disco war so viel los wie für einen Montag am frühen Abend zu erwarten war, nämlich genau gar nichts. Wir steuerten gleich die Tanzfläche an und bewegten uns lange Zeit im Rhythmus zur Musik.

Als wir genug davon hatten, verließen wir das Lokal wieder und glitten in seinem Wagen durch die Nacht zu dem Waldstück, an dem wir letztens zusammen mit Alexander und Susan den Joint geraucht hatten. Dieses Mal baute Sigi einen Ofen. Wir

rauchten ihn, danach liebten wir einander und schliefen engum-
schlungen ein.

Es musste ungefähr drei Uhr in der Früh gewesen sein, als
Sigi mich schließlich nach Hause brachte. Ich schlich mich in die
elterliche Wohnung und legte mich für zwei Stunden in mein an
die Wand geschobenes Stahlbett. Seit unserer Kindheit hatte
sich nichts geändert. Meine zwei Brüder schliefen tief und fest
im Ehebett, unter dem riesigen Heiligenbild, im gleichen Zimmer
mit mir.

Um fünf Uhr morgens, als ich wieder aus dem Bett musste,
konnte ich mich nicht spüren. Ich war noch im komplett selben
Zustand wie zuvor, als ich mit Sigi zusammen war. Wie ein Monster bewegte ich mich, völlig mechanisch und hoffte dabei, dass
meine Eltern nicht auf mich achten würden. Ich ging ins Badezimmer, wusch mich, zog mich an und fuhr zusammen mit Christoph
und meinem Vater im Bus zu den Mitter-Werken. Ich ging, wie in
Trance, den Weg zur Lehrwerkstätte, in den Umkleideraum für
Mädchen, zog mir meine Schlosserkluft und meine Sicherheitsschuhe an, danach holte ich mir einen Kaffee vom Kaffeeauto-
maten und machte ein paar Schlucke vom heißen Muntermacher.

Ich hätte mir denken können, dass in meinem Zustand Kaffee das falsche Getränk war. Mein Herz begann unkontrolliert zu
rasen. Ich bekam schweißnasse, kalte Hände, ich lief Gefahr, zu
hyperventilieren. Mein Kreislauf tat so, als sei er bereit, jederzeit
zu kollabieren. Obwohl es bereits acht Uhr morgens und somit
Arbeitsbeginn war, ging ich nicht zu meinem Schraubstock, um
an meinem Werkstück weiterzuarbeiten, sondern zurück in die
Mädchenumkleidekabine. Ich musste mich für einige Zeit mit
hochgelagerten Beinen auf die harte Holzbank legen. Mein Kör-

per gab mir unmissverständlich zu verstehen, dass er das, was ich machte, weder toll noch cool fand.

Die nächsten Wochen und Monate spielten sich so ab, dass, wenn Sigi nicht in Deutschland war, wir ständig etwas zusammen machten. Dabei spielte es keine Rolle, ob Wochenende war oder ob ich am nächsten Tag arbeiten musste. Wir gingen auf Konzerte, in die Disco oder hingen im Pub ab. Ich war viel mit seinen Freunden und seiner Freundin zusammen und oft war ich mit Sigi allein. Wir nahmen Tabletten, rauchten Haschisch, tranken Alkohol, und wir übernachteten in seinem großen Auto, abgestellt irgendwo in einem Waldstück. Manchmal war es empfindlich kalt. Sigi hatte in seinem Wagen dicke Wolldecken und er schaltete von Zeit zu Zeit die Standheizung ein. Wir blieben bis in die frühen Morgenstunden zusammen, erst dann brachte er mich nach Hause.

Ich schlich mich in mein Bett, um es gleich darauf wieder zu verlassen und in die Arbeit zu fahren.

Einmal übernachteten wir wieder in seinem Wagen. Sigi betätigte die Standheizung, zu lange wie es schien, denn am nächsten, frühen Morgen sprang sein Auto nicht an. Wir waren wie gewohnt irgendwo, abseits von Wohngebieten, in einem abgelegenen Waldstück. Sigi machte sich allein in stockfinsterer, eisiger Nacht auf den Weg, um beim nächstgelegenen Haus die Menschen aus ihrem Schlaf zu reißen und sie um Hilfe zu bitten. Ich blieb frierend, ängstlich und zugedröhnt im Auto. Irgendwann kam Sigi mit einem Bauern auf seinem Traktor zurück. Der Mann sah zu mir durch die Windschutzscheibe, ich drehte mich weg, ich schämte mich fürchterlich.

Er zwickte Starterkabel an die Batterien des Traktors und an Sigis Wagen und gab uns Starthilfe. Auch mir half dieses, für mich zutiefst beschämende Ereignis auf die Sprünge.

Ich mochte Sigi ab sofort nicht mehr. Ich wollte nie wieder in einem Auto, mit oder ohne Sigi schlafen, und ich mochte keine Tabletten mehr nehmen. Sie veränderten mich. Ich wurde nicht mehr müde, ich konnte nur mehr schlecht schlafen. Ich nahm ab, obwohl ich sehr viel aß. Ich konnte mich nicht mehr dazu aufraffen, Sport zu treiben, auch hatte ich kein Interesse mehr, irgendwelche Kurse zu besuchen. Die Zeit mit Sigi war so intensiv, dass ich froh sein musste, wenn ich meiner Arbeit halbwegs nachgehen konnte. Das hatte nichts mit der großen, weiten Welt zu tun.

Ich begann es zu hassen, in einem Trancezustand zu sein, ich wollte meinen wachen Verstand und meinen wachen Körper wieder zurück.

Zum Glück war es für mich wieder an der Zeit für zwei Monate nach Kärnten in die Berufsschule zu fahren, und so erledigte sich das Thema Sigi ganz von selbst.

KAPITEL 21

In Kärnten war ich wieder in einer Welt, in der ich mich zurechtfand. Ich liebte das Lernen. Ich merkte, dass es mir dabei egal war, was ich lernte. Es war wohl so etwas wie eine Art Eskapismus. Ich verließ die unsicher machende, einengende, vernebelte Scheinwelt und floh in die Welt, in der ich meinen neugierigen, wissbegierigen Geist mit Stoff versorgen durfte.

Ich liebte es, wenn wir Schüler uns gegenseitig puschten, uns zu Höchstleistungen brachten. Wie in den ersten zwei Jahren auch, war Franz aus Kärnten unser Klassensprecher und ich seine Stellvertreterin. Zu zweit schafften wir es mühelos, aus unserer Klasse eine homogene Gruppe zu machen. Es war selbstverständlich, dass wir den schwächsten Schülern halfen, genauso war es selbstverständlich, dass ich die Hilfe von meinen Kollegen im praktischen Bereich dankbar annahm. In der dritten Klasse ging es wieder ausschließlich um die Gemeinschaft, weder Lisi noch ich hatten einen Freund.

Die Zeit verging mir in dem Bewusstsein, dass dieser Lebensabschnitt bald für immer vorbei sein würde, viel zu schnell. In diesem Jahr schlossen Lisi, Franz und ich wieder mit einem ausgezeichneten Erfolg ab.

KAPITEL 22

In Fonsdorf wurde ein alter Bauernhof modernisiert und eine Betreuungseinrichtung für sozialdefizitäre Jugendliche geschaffen. Die jungen Menschen, die dort wohnten, verweigerten die Schule und waren teilweise oder gänzlich arbeitsunfähig, als Ergebnis ihrer fehlgeschlagenen Persönlichkeitsentwicklung. Am Anfang zogen vier Mädchen ein. Sie hatten alle eine schreckliche Kindheit hinter sich und sie hatten ein massives Aggressionsproblem.

Brigitte war eines der Mädchen und sie ging seit einiger Zeit regelmäßig zum Steinmeier. Sie setzte sich zu uns, in den hinteren Bereich des Lokals. Sie war einfach da. Sie redete nichts, sie saß allein an einem Nebentisch. Ihre herabhängenden Mundwinkel und ihre leeren Augen ließen sie, trotz ihrer Jugend, verhärmt und verbittert aussehen. Ich und meine Freunde gingen auf Abstand zu ihr. Wir waren Brigitte gegenüber keineswegs feindselig gestimmt, wir wollten sie nur nicht verschrecken. Wir wollten ihr Zeit lassen, bis sie von sich aus mit uns reden wollte.

Christoph war mittlerweile schon einundzwanzig, hatte aber immer noch keine Freundin. Ich war mir relativ sicher, dass er noch nie mit einem Mädchen etwas gehabt hatte. Sie gefielen ihm, das wusste ich, er hatte mich sogar ausgefragt, wie das so sei bei uns Frauen. Er war definitiv interessiert, aber sehr moralisch. Er sagte, bevor er mit einer Frau ins Bett gehen würde, müsse er in sie verliebt sein.

Es gab ein Mädchen namens Petra, die schon seit langer Zeit für ihn schwärmte. Sie machte das ganz offensichtlich, sie suchte ständig seine Nähe und strahlte ihn unverhohlen an, aber Christoph meinte immer nur, dass sie ihm zu dick sei. Was in meinen Augen völliger Nonsens war. Ich fand, dass Petra unheimlich schön aussah. Sie hatte tiefschwarzes Haar und wunderschöne braune Augen und ein bezauberndes Lächeln und vor allem eine sehr liebe Art. Petra lebte mit ihrer Familie in einem schönen Haus, sie waren gut situiert. Ich hatte die Vermutung, dass das der wahre Grund war, weshalb für Christoph keine enge Beziehung in Frage kam. Trotz ihrer hartnäckigen Bemühungen ließ Christoph nur Freundschaft zwischen ihnen beiden zu.

Gegenüber Brigitte schien Christoph jedenfalls keine Minderwertigkeitsgefühle zu haben. Im Gegenteil, er war der Erste und auch der Einzige, der sich mit einem großen Cola Rot für Brigitte und einer Halben Bier für sich, zu ihr an den Tisch setzte.

Brigitte war ab diesem Zeitpunkt ein Teil von unserer Clique, auch wenn sie sich ausschließlich mit Christoph unterhielt. Ich fragte Christoph nie über sie aus, ich wusste, er hätte mir gesagt, dass es mich nichts anginge.

KAPITEL 23

Ich war nicht mehr in Sigis Clique, auch wenn Sigi nach wie vor sein Interesse an mir bekundete. Er interessierte mich einfach nicht mehr. Ich freundete mich stattdessen mit einer anderen Gruppe aus der *Samser Szene* an. Ich verbrachte meine Freizeit teils mit meinen Fonsdorfer Freunden und zu einem anderen Teil mit meinen neuen Bekannten. In dieser Gruppe spielte sich die meiste Action privat, bei Heinz Sappi zu Hause ab. Heinz war mit Jaqueline zusammen und sie hatten einen gemeinsamen, dreijährigen Sohn. Vor Jahren hatte Heinz damit begonnen, einen ehemaligen Kuhstall in ein Wohnhaus umzubauen. Mittlerweile lebte die kleine Familie seit einem Jahr auf der von allen so genannten *Sappi-Ranch*.

Heinz konnte von Dachdecken, über elektrische Leitungen und Abflussrohre verlegen, alles. Zudem war er Spezialist, was Holzarbeiten anbelangte. Er plante und machte die Umbauarbeiten auf seiner Ranch völlig allein. Heinz war ein kreativer Handwerker, er war unkonventionell, etwas speziell in seiner Art.

Zum Beispiel betonierte er sein Bett, konstruierte einen Rahmen rundherum und legte eine Matratze obenauf. Nach einigen Jahren, als seine Frau dieses Bett so nicht mehr mochte, sollten sich die Stemmarbeiten zur Beseitigung des riesigen Betonklotzes als äußerst beschwerlich herausstellen.

Dennoch harmonierte alles im Haus irgendwie miteinander. Er vereinte Altes, Renoviertes mit Neuem. Die Fußböden legte er im gesamten Wohnbereich mit Terracottafliesen aus, die Decken, bis auf den Sanitätsbereich, verkleidete er mit Holz. Die Wände verputzte er mit Kalk, den Fernseher stellte er auf einen Hackstock. Antike Kästen und Truhen komplettierten das einladende Interieur der *Sappi-Ranch*.

Heinz verdiente als Automechaniker nicht viel Geld und Jaqueline arbeitete als Näherin, sie verdiente noch weniger. Selbst in ihrer Karenzzeit nähte sie für Nachbarn, Verwandte und Freunde, um sich ein wenig Geld dazu zu verdienen. Auch wurden sie von ihren Eltern finanziell unterstützt, aber das waren selbst einfache Leute, die nicht viel hatten. Und so arbeitete Heinz von frühmorgens bis spät abends, von Montag bis Sonntag durch. Er machte das auf eine sehr unverkrampfte Art und Weise. Am Haus arbeiten und mit Freunden zusammen feiern, ging bei Heinz fließend ineinander. Sein Haus war eine ewige Baustelle, und dennoch herrschte ständig Partystimmung.

Heinz war bekannt wie ein bunter Hund und sehr beliebt. Irgendwoher bekam er immer Materialien und Restposten zum günstigen Preis, oder er machte irgendwelche Gegengeschäfte. Und obwohl Heinz viele Freunde hatte, gingen ihm die meisten davon nicht zur Hand. Sie besaßen zwei linke Hände oder waren einfach nur faul und ausschließlich am Partymachen interessiert.

Sein allerbester Freund war der schöne Roman. Ich fand, er sah dem Schauspieler Alain Delon sehr ähnlich. Anders als der Schauspieler, gab er jedoch keinen coolen Typen ab. Roman war ausgesprochen kindisch. Er hatte immer nur Späßchen im Sinn, ihm fehlte es an jeglichem Pflichtbewusstsein und an jeder Ernsthaftigkeit. Er musste alles ins Lächerliche ziehen, er konnte nicht anders. Charakterlich hatte er eher etwas von dem Schauspieler Pierre Richard. So sorgte Roman zwar meist für gute Stimmung, arbeitstechnisch war er aber für Heinz ebenfalls keine große Hilfe, obendrein war Roman, wie alle anderen Freunde auch, notorisch blank.

Es schien als ob die *Sappi-Ranch* ein Treffpunkt für junge Leute ohne Ehrgeiz sei. Die meisten von ihnen hatten keine Arbeit oder waren ewige Studenten. Drogen nahmen ausnahmslos alle. Jaqueline wusste oft nicht, wie sie das Geld für ein paar Lebensmittel aufbringen konnte, um täglich eine ordentliche Mahlzeit für ihren schwer arbeitenden Mann und ihren kleinen Sohn auf den Tisch zu bringen.

Manche der sogenannten Freunde waren sogar so dreist, sich wie selbstverständlich mit an den gedeckten Tisch zu setzen, ohne auch nur eine Flasche Wein beigesteuert zu haben.

Die stets fröhliche Stimmung auf der *Sappi-Ranch* entging auch der örtlichen Polizei nicht. Sie ahnte oder wusste wohl, dass bei den Festen nicht bloß Kindersekt konsumiert wurde. Immer wieder einmal schauten sie wie zufällig bei den Sappis nach dem Rechten.

Es passierte an einem frühen Abend im Winter. Ich saß mit Jaqueline und Rosi (Jaquelines bester Freundin) in der Küche, wir spielten Karten. Ein paar Jungs waren im Wohnzimmer mit Musik hören, Wein trinken und Kiffen beschäftigt. Plötzlich wurde wie wild an die Eingangstür gehämmert. „Aufmachen, Polizei", immer wieder wurde „Aufmachen, Polizei", geschrien. Wenn die wüssten, dass die Türe offen war, schoss es mir panikartig durch den Kopf. Heinz deutete uns in Zeichensprache, dass wir ruhig auf unseren Plätzen bleiben sollten. Er sammelte auf Zehenspitzen das ganze Haschisch ein und spülte es mitsamt den verrauchten Joint-Stummeln die Toilette hinunter. Er wartete ein paar Sekunden, atmete tief durch und öffnete die Eingangstür. Vor ihm stand sein bester Freund Roman, breit grinsend. Roman klopfte Heinz auf die Schulter und fragte: „Hallo Heinzi, mein alter Freund, wie geht es dir so?"

KAPITEL 24

Ein neuer Lebensabschnitt stand vor der Tür. Ich machte in einem Vierzehntageskurs den Führerschein, als nächstes wollte ich von zu Hause ausziehen, und beruflich galt es die Lehrabschlussprüfung zu absolvieren.

Nach bestandener Gesellenprüfung würde ich vom Betrieb übernommen werden, das wusste ich und deshalb machte ich mich auf Wohnungssuche in der Nähe meines zukünftigen Arbeitsplatzes.

Vom Gehalt, das ich als Facharbeiterin verdiente, würde ich Miete, Betriebs-, alle Selbsterhaltungskosten inklusive der monatlichen Rückzahlungen für den Kredit, den ich für Renovierungsarbeiten brauchte, bezahlen können. Das Ganze, ohne mir nur einen einzigen Schilling von meinen Eltern borgen zu müssen, das war mir besonders wichtig.

Mein Bruder Christoph war entsetzt. Das würde ich niemals allein schaffen, meinte er. Ich hatte mit so einer Aussage von ihm gerechnet. Er, drei Jahre älter als ich, schon wirklich gutes Geld verdienend, machte immer noch keine Anstalten auf eigenen Beinen zu stehen. Für mich war die erste Gelegenheit, von zu Hause auszuziehen, die beste. Ich musste raus.

Meine Mutter hingegen hatte keinerlei Einwände, dass ich mit achtzehn bereits das Nest verlassen wollte, so ganz alleine in eine andere Stadt ziehen. Sie schien sich keine Sorgen um mich zu machen, vielleicht war sie sogar froh darüber.

KAPITEL 25

Meine Freundin Lisi schaffte die Lehrabschlussprüfung mit ausgezeichnetem Erfolg, ich nur mit gutem. Es hatte schon seine Richtigkeit, dass ich keine Auszeichnung bekam. Die Abschlussprüfung spiegelte meine gesamte Lehrzeit wider. Im Theoriebereich musste mein Redefluss gestoppt werden, weil mir so viel zu den von der Prüfungskommission gestellten Fragen einfiel, im praktischen Bereich fehlte mir die Unterstützung meiner Kollegen. Die Aufgabe bestand darin, einen sogenannten *Französischen Stecher* nach vorgegebenem Plan, funktionsfähig herzustellen. Eigentlich arbeiteten wir sechs Lehrlinge, die zur Prüfung angetreten waren, synchron. Ohne dass es Absprachen gab, fertigten wir die einzelnen Bauteile des Gewehr-Abzugsystems in gleicher Reihenfolge. Nur ein Kollege, welcher kurz vor mir an der Bohrmaschine gearbeitet hatte, wechselte aus nicht nachvollziehbaren Gründen den in der Maschine eingespannten Bohrer von Durchmesser 0,8 Millimeter, auf einen Bohrer mit einem Durchmesser von 1,2 Millimeter aus.

Ich bekam davon nichts mit, erst als es zu spät war. Ich hätte in diese Bohrung ein Gewinde M1 schneiden müssen, leider war die Kernlochbohrung nun um 0,4 Millimeter im Durchmesser zu groß und deshalb musste ich, um die Funktionsfähigkeit des *Französischen Stechers* zu gewährleisten, statt der laut Plan vorgegebenen Schraubverbindung eine Nietverbindung setzen. Immerhin gab es allein für die Funktionsfähigkeit des Werkstückes 40 von möglichen 100 Punkten, die Prüfung bestanden hatte man ab 60 erreichten Punkten.

Es war dennoch ein fantastisches Gefühl, etwas geschafft zu haben. Ich hatte mir selbst bewiesen, dass ich, ganz gegen die Aussagen meiner Mutter, dazu in der Lage war, fleißig und strebsam eine Sache durchzuziehen. Es war absurd, dass mich meine Mutter dazu gezwungen hatte, diesen Beruf zu erlernen, wo doch meine Talente ganz woanders lagen.

Diese Tatsache bewertete ich in meinem späteren Leben, als das größte an mir begangene Verbrechen, das meine Mutter an mir verübt hatte – meine Talente nicht zu fördern. Alles andere sollte ich ihr verzeihen, das niemals.

Damals freute ich mich darüber, dass ich mich zum frühestmöglichen Zeitpunkt aus den Fängen meiner Mutter befreien konnte, ganz ohne mich in die Arme eines Mannes flüchten zu müssen, so wie es meine Halbschwester Gisel getan hatte.

Ich war nun jemand mit einer abgeschlossenen Ausbildung und einer Zusage für eine Festanstellung, die mir zumindest so viel Geld brachte, dass ich als Achtzehnjährige ein völlig selbstständiges Leben führen konnte.

Ich bekam eine 66 m² große Wohnung von der Genossenschaft zugewiesen, und einen Kredit in der Höhe von 100.000 Schilling von der Bank. Genau die Summe, die einer alleinstehenden Person ohne Bürgen gewährt wurde.

Meine Wohnung lag 15 Minuten Busfahrt von meiner neuen Arbeitsstelle entfernt, in einem Stadtteil, der aus sogenannten *Hitlerbauten* bestand. Diese wurden damals für Arbeiter, die in der Rüstungsindustrie beschäftigt waren, errichtet.

Ich hatte keinen Bezug zum II. Weltkrieg, er interessierte mich nicht. Mein Vater ließ sich in meiner Kindheit zwar immer wieder

Bücher über diese schreckliche Zeit schenken und ich sah mir hin und wieder eines der entsetzlichen Fotos darin an, aber das war alles nicht wirklich greifbar für mich. Ich setzte mich mit diesem Thema damals nicht auseinander. Für mich hatte diese Wohnung keine Vergangenheit, sondern nur eine Zukunft.

Die Renovierungsarbeiten stellten für mich eine große Herausforderung dar. Der Sanitätsbereich bestand aus einem Waschbecken und einer alten Klomuschel, die ich durch eine neue ersetzte.

Außerdem war noch eine alte Sitzbadewanne im Badezimmer, die ich ebenfalls entfernen ließ. Für eine normale Badewanne war der Raum zu schmal, der Platz reichte gerade für eine Duschkabine, die ich mir von Facharbeitern einmauern ließ. Die gesamte Elektrizität war ohne Erdleitung und musste ebenfalls erneuert werden. Die Wände im gesamten Wohnbereich wurden aufgestemmt, die alten Kabel raus- und neue Kabel eingezogen. Als ich die verschmutzten Teppichböden entfernte, kamen Zeitungen aus der Kriegszeit hervor. Ich entsorgte den ganzen Müll und verlegte in der gesamten Wohnung Holzböden.
Ich kaufte mir ein billiges Schlafzimmer und eine Sitzgelegenheit für den Wohnküchenbereich. Die bereits vorhandene kleine Küchenzeile übernahm ich, so wie sie war. Beheizt wurde die Wohnung mit einem kleinen Holzofen, den ich geschenkt bekam. Der sogenannte *Bummerlofen* war so klein, dass er nicht einmal ein Holzbrikett im Ganzen schlucken konnte. Ich musste die Holzpellets in Scheiben zerteilen, nur so konnte ich meinen Ofen damit füttern und es mir im Winter warm machen.

Nach Beendigung der aufreibenden Renovierungsarbeiten schien ich es geschafft zu haben. Die Wohnung war bewohnbar, sogar gemütlich, den neuen Job hatte ich schon begonnen und ich war weit weg von meiner Mutter.

Ich war erwachsen, selbstständig und frei. Allerdings ließ ich auch meine Freunde zurück. Ich hatte zwar den Führerschein, aber von meinem Kredit war nichts mehr übrig. Ein Auto konnte ich mir nicht mehr leisten.

Das Minichholz, der Stadtteil, in dem ich nun wohnte, war verschrien. Angeblich waren hier viele Junkies zu Hause. Ich traf auch untertags auf meinem Weg zum Einkaufen, immer wieder auf diese finsteren Gestalten. Ich war nicht erpicht darauf, denen in der Nacht zu begegnen. Ich traute mich abends nicht, alleine auszugehen und somit hatte ich einen langen Weg, wollte ich zu meinen Freunden. Wenn ich an den Wochenenden nach Fonsdorf fuhr, musste ich für eine Strecke eine Stunde mit dem Bus fahren, wollte ich nach Sams, waren es sogar eineinhalb Stunden.

Da war ich nun, ganz allein in einer fremden Stadt, ohne Familie und Freunde. Die gewonnene Freiheit hatte ihren Preis. Noch nie zuvor hatte ich allein in einem Raum geschlafen, schon gar nicht allein in einer Wohnung, in einer anderen Stadt. Selbst während der Berufsschulzeit schlief ich mit Lisi in einem Raum. Ich hatte Angst, war einsam und oft traurig. Manchmal fühlte ich mich hilflos wie ein kleines Kind, aber niemals hätte ich das meiner Mutter oder meinem Bruder gesagt.

KAPITEL 26

Christoph und Brigitte kamen sich näher. Sie gaben ein eigenartiges Paar ab. Die beiden machten keine Dinge, die andere Verliebte normalerweise machten. Sie fuhren weder nach Sams, um in ein Kaffeehaus oder ins Kino zu gehen, noch sah man sie je gemeinsam im Ort spazieren gehen. Zu zweit gegen den Rest der Welt, in ihrer ganz eigenen Matrix gefangen, diesen Eindruck machten sie auf mich. Sie schienen nicht viel für ihre Mitmenschen übrig zu haben.

Wenn man sie zusammen im Wirtshaus sah, und sonst sah man sie nirgends zusammen, saßen sie sehr eng beieinander. Meist sahen sie traurig und nachdenklich aus, so als würden sie die Last der ganzen Welt tragen. Sie signalisierten ihrem Umfeld, dass sie niemanden dabeihaben wollten, dass sie keinen Wert auf Gesellschaft legten. Dabei tranken sie Unmengen an Alkohol in Rekordzeit und rauchten eine Zigarette nach der anderen. Nur hin und wieder löste Christoph ihre Enge, nämlich dann, wenn er seine Blase entleeren musste oder um G7 – Jethro Tull – Locomotive breath, in der Musikbox zu drücken. Niemals wählte er eine andere Nummer aus. Nie sah man, dass sie sich küssten, oder dass Christoph Brigitte zärtlich berührte. Die beiden betranken sich lediglich, und das jeden Freitag und Samstag, so lange bis die Kellnerin sie rauswarf.

Wenn Sperrstunde war, begleitete Christoph Brigitte, bei jedem Wetter zu Fuß, in ihre drei Kilometer entfernt liegende Betreuungseinrichtung. Schlafen durfte er bei ihr nicht, das war gegen die Hausordnung.

Irgendwann erzählte Christoph unserer Mutter von Brigitte. Es war nicht anders zu erwarten, als dass Brigitte von Anfang an keine Chance bei ihr haben würde. Sie arbeitete nichts und somit war sie für unsere Mutter nichts wert, dass sie obendrein in einer Anstalt für schwer erziehbare Jugendliche wohnte, machte die Sache nicht besser. Andererseits konnte sie aber nichts gegen diese Verbindung machen und so hielt sich unsere Mutter mit feindseligen Bemerkungen zurück, zumindest in Christophs Gegenwart. Hinter seinem Rücken wetterte sie in gewohnter Manier über die *Nichtsnutzige*.

Ich konnte mir nicht vorstellen, wann und wo das ganze passiert war, andererseits wollte ich es auch gar nicht so genau wissen. Jedenfalls hatte es funktioniert. Brigitte war schwanger. Es war von Anfang an klar, dass Christoph zu dem Kind stehen würde und somit wurde es auch für Christoph höchste Zeit, sich um eine geeignete Wohnung umzusehen, in der er künftig mit seiner kleinen Familie leben wollte.

Seine Wahl fiel auf eine Wohnung in einem alten, heruntergekommenen Lehmhaus, drei Kilometer von der elterlichen Wohnung entfernt. In diesem alten Lehmhaus waren vier Wohnungen untergebracht.

Christoph und Brigitte nahmen sich die Kleinste, die fast fensterlos war und sie somit ohne echtes Tageslicht auskommen mussten.

Die Wohnung war wie ein enger Schlauch. Wenn man sie betrat, war links an der Wand entlang eine Küchenzeile und gleich rechts nach dem Eingang ging es ins Bad/WC, in dem eine Waschmaschine, eine Klomuschel und eine Brausetasse Platz hatten. Gegenüber der Küchenzeile stand eine Sitz-Essecke und dann gab es noch einen Raum, ein winziges Schlafzimmer. Der schwarze Schimmel war überall.

Und trotz all dieser Widrigkeiten gebar Brigitte eine gesunde, süße Tochter. Sie tauften sie auf den Namen Nadine.

KAPITEL 27

Ich war im Wälzlagerwerk, in der Endkontrolle gelandet und dabei hatte ich noch Glück. Am ersten Tag, als ich zum Personalchef kam, konnte ich mir aussuchen, ob ich eben lieber in dieser Abteilung arbeiten wollte, oder im Produktionsbereich an einer Maschine.

Ich war sauer, dachte ich mir doch, dass mir eine anspruchsvollere Tätigkeit zustehen würde und deshalb knallte ich dem Personalchef rotzfrech mitten ins Gesicht, dass ich nicht drei Jahre gelernt hätte, um dann als Maschinenarbeiterin zu enden. Diesen Job bekam dann Lisi.

In meiner Abteilung waren nur Fachkräfte beschäftigt, und dennoch fühlte ich mich massiv unterfordert. Ich rannte in einem weißen Mäntelchen herum und musste sämtliche Kontrollen an Lagern, welche in Geländefahrzeugen eingebaut wurden, durchführen. Die Gelenklager gleichen alle Schwenk- und Schiefbewegungen aus, die ein Geländewagen beim Fahren macht. Die Lager wurden optisch auf Rost untersucht, ihre Rundläufigkeit geprüft und Geräuschproben an den Wälzlagern durchgeführt. Die Abteilung war klimatisiert, sämtliche Bestandteile trieften nur so von Öl, jedes kleinste Bauteil der Lager wurde penibel glattpoliert.

Interessant fand ich, dass die Wälzlager, bevor sie das Werk verließen, mit einem Stempel *Made in France* oder *Made in Italy* versehen wurden und das, obwohl die Wälzlager zur Gänze in unserem Unternehmen gefertigt wurden.

Selbst wenn mir meine Arbeit nicht besonders viel Spaß machte, mit meinen Kollegen verstand ich mich eigentlich sehr gut.

Anton, der Vorarbeiter zum Beispiel, war ein gutaussehender tirolischstämmiger Mann und er hatte ein Auge auf mich geworfen. Hin und wieder unternahmen wir mit einem anderen Pärchen zusammen, kleinere Ausflüge. Ein Liebespaar wurden Anton und ich jedoch nicht.

Mein neuer Freund wurde Roman. Und da Roman, seit ich ihn damals auf der *Sappi-Ranch* kennen gelernt hatte, immer noch der gleiche Spaßvogel war, sollte sich meine Beziehung zu ihm alles andere als unaufgeregt gestalten. Er war äußerst unzuverlässig, konnte mit Geld überhaupt nicht umgehen und mit der Arbeit hatte er auch keine Freude. Aber ich suchte ja auch keinen Perfektionisten. Er war sehr hübsch anzusehen, er brachte mich oft zum Lachen und ich war nun nicht mehr allein in meiner Wohnung.

Roman kaufte sich einen fünfzehn Jahre alten, ockerfarbenen Opel Kadett um 5000 Schilling (ca. 350 Euro) von einem Landwirt aus dem Mühlviertel. Und deshalb war es auch nicht weiter verwunderlich, dass es im Innenraum des Wagens extrem nach Stall stank. Auch wenn Roman mit Wunderbaum-Lufterfrischer mit Vanillearoma dagegen ankämpfte, dauerte es über viele Wochen hinweg, bis der beißend stechende Düngergeruch restlos neutralisiert werden konnte.

Ansonsten hatte der Wagen keine technischen Mängel, nicht den kleinsten Rostfleck. Es war bereits Romans siebtes Auto, die anderen sechs hatte er zuvor zu Schrott gefahren und er arbeitete immer noch daran, den Kredit, den er für seinen ersten Wagen aufgenommen hatte, zurückzuzahlen.

Roman war ein Chaot und dennoch wickelte er mit seiner freundlichen Oberflächlichkeit alle um den kleinen Finger. Selbst bei meiner Mutter hatte er nicht die geringste Mühe, sich einzuschmeicheln.

Seit ich von zu Hause ausgezogen war, kam ich wieder gerne in meine alte Heimat zurück und ich kam ganz besonders gerne zu Christoph nach Hause. Seit der Geburt Nadines hatte sich mein Bruder verändert. Er trank bei weitem nicht mehr so viel Alkohol, ins Gasthaus Steinmeier ging er gar nicht mehr. Mir gefiel seine Wandlung sehr und irgendwie wollte auch ich meinen Beitrag dazu leisten, um das Familienleben harmonisch zu gestalten. Ich bemühte mich darum, Brigitte klar zu machen, dass ich mich darüber freute, dass sie Teil unserer Familie geworden war. Ich wollte ihr zu verstehen geben, dass ich keine Vorurteile ihr gegenüber hatte, dass ich sie so annehmen wollte, wie sie war. Ich wollte ihre Freundin werden.

Nachdem sie mir durch ihre kühle, reservierte, eigentlich sehr abweisende Art zu verstehen gab, dass ich sie nicht wirklich interessierte, schaltete ich einen Gang zurück.

Ich versuchte zwischen uns einen Respektabstand zu halten und redete mir ein, dass es die Hauptsache zu sein hatte, dass die kleine Familie sich liebhatte, und dass ich einen großen Teil meiner Freizeit mit ihnen verbringen durfte. Immerhin war Brigitte zu allen gleich, auch bei meinen Eltern zeigte sie kein anderes Gesicht, nur dieses, dass es ihr ausschließlich um Christoph und Nadine ging. Ich muss gestehen, dass mir das damals sogar sehr imponierte. Sie versuchte nicht einmal ansatzweise, meiner Mutter in den Allerwertesten zu kriechen.

Roman wiederum ignorierte Brigittes kühle und distanzierte Art. Er trieb mit ihr genauso seine oberflächlichen Scherze wie mit allen anderen auch.

Das Baby liebten ausnahmslos alle. Jeder bemühte sich nach seinen Möglichkeiten um sein Wohl. Wir waren allesamt Raucher, aber keiner wagte es, sich eine Zigarette in dem kleinen Loch, in dem sie hausten, anzuzünden. Gerade so, als ob man dadurch den Schaden, den der Schimmel an den Wänden verursachte, abmildern konnte. Man musste ihre Wohnung ein Loch nennen, denn etwas anderes war es nicht.

Gleich im ersten Winter wurde ihre Wohnsituation unerträglich. Die drei bekamen während der kalten Monate eine chronische Verkühlung. War dieser Zustand für die Erwachsenen unangenehm, so konnte die Situation für Nadine chronische, gesundheitliche Schäden bedeuten, oder sogar lebensbedrohlich werden.

Christoph und Brigitte mussten schnellstmöglich handeln, wollten sie die Gesundheit ihrer Tochter nicht aufs Spiel setzen. Zu ihrem Glück wurde im Haus die nächstgrößere Wohnung frei und so konnten sie, noch bevor der Frühling richtig begonnen hatte, umziehen.

Es war zwar so, dass die neue Wohnung ebenfalls vom Schimmel befallen war, aber Christophs finanzielle Möglichkeiten ließen keine weitere Verbesserung ihrer Wohnsituation zu. Das alte Lehmhaus hatte dicke, durch die Feuchtigkeit sehr weiche Mauern. Es war fast unmöglich einen Dübel in die Wand zu treiben, um eine Karniese zu montieren, ohne dass dabei das Mauerwerk rundherum ausbrach.

Sie wechselten von einem Loch in eine Räuberhöhle. Immerhin bekam Nadine ein eigenes Kinderzimmer. Die Küche war halbwegs groß, es gab in dieser Wohnung auch ein extra Wohnzimmer, ein Schlafzimmer und es gab in jedem Raum Fenster und somit echtes Tageslicht.

Christoph holte sich Hilfe von Spezialisten, um dem Schimmel den Kampf anzusagen. Er krempelte die Ärmel hoch und Freunde halfen ihm bei handwerklichen Reparaturarbeiten. Ich sah in Christoph wieder den jungen Mann von früher, der die Probleme bei den Hörnern packte, willensstark und zielgerichtet. Er ging gewissenhaft seiner Arbeit in den Mitter-Werken nach. Er war es, der zu Hause kochte und meist die Einkäufe erledigte.

Es war für ihn selbstverständlich, dass er jedes Wochenende die Wohnung putzte und Nadine die Windeln wechselte. Lediglich die Wäsche überließ er zur Gänze Brigitte. Er konnte wieder herzhaft lachen, und er interessierte sich wieder für die Belange seiner Mitmenschen.

Nadine war das größte Geschenk, das Brigitte ihm machen konnte.

Christoph fuhr mehrmals die Woche mit dem Fahrrad zu unseren Eltern nach Hause, um bei ihnen nach dem Rechten zu sehen. Im Sommer hatte er Nadine auf dem an der Lenkstange montierten Kinderfahrradsitz mit dabei. Er besprach sich wieder mit unserer Mutter, so wie früher. Sie hatte in ihm wieder einen wertvollen Vertrauten. Wenn meine Eltern, Holz oder Kohle geliefert bekamen, oder wenn die Kartoffelernte vor der Tür stand, war es für Christoph selbstverständlich, dass er sich Urlaub nahm, um meinen Eltern die Arbeit abzunehmen.

Regelmäßig schaute Christoph in Bäcker Sepps Laden vorbei, um frisches Brot zu kaufen und ein Schwätzchen mit der Bäckersfrau zu halten. Sie war ganz vernarrt in Christoph und Nadine.

Auch die Besitzerin des kleinen Lebensmittelgeschäftes, Frau Kussian, eine rundliche, forsche und sehr herzliche Person mit südländischem Temperament, ließ es sich nie nehmen, Christoph persönlich zu bedienen. Ihr Lachen klang wie das Lachen von Montserrat Caballé und sie lachte viel, wenn Christoph zu ihr in den Laden kam. Ausnahmslos alle, die er auf seiner routinemäßigen Tour durch Fonsdorf traf, mochten Christoph. Sie tuschelten, was er nicht alles leistete. Wie rührend er sich nicht um seine Tochter kümmere. Christoph wurde fast wie ein wiederauferstandener Held im Ort gefeiert.

Mir gegenüber waren die Menschen in Fonsdorf auch sehr freundlich gestimmt und sie waren daran interessiert, was ich denn nun so mache und wie es mir erginge in der fremden Stadt. Nur Brigitte hatte ihre Schwierigkeiten.

Vielleicht hatte unsere Mutter einen wesentlichen Anteil daran. Sie redete im Ort schlecht über Brigitte, um Christoph dadurch in einem noch gleißenderen Licht erstrahlen zu lassen. Die Dorfbewohner waren derselben Meinung wie unsere Mutter. Man sah es Brigitte ja an, dass sie sich nicht anpassen wolle, und die vom Heim waren ohnehin dubios, man konnte ihnen nicht trauen. Was konnte Brigitte schon zu Hause zu tun haben, wenn jeder sehen konnte, dass Christoph alles erledigte. Was für ein Glück für sie, dass sie bei einem Mann wie Christoph gelandet war; so redeten und dachten die Leute im Ort über Brigitte.

Brigitte ihrerseits sah man so gut wie nie im Dorf. Nur wenn sie dringende Einkäufe erledigen musste oder wenn sie mit der Kleinen zum Arzt ging, war sie im Ort unterwegs.

Ich war so gut wie jedes Wochenende in Fonsdorf, manches Mal war Roman mit dabei. Freitag abends nach der Arbeit fuhr ich zu Christoph und Brigitte. Wir spielten bis spät in die Nacht Karten und hin und wieder übernachtete ich bei ihnen in ihrer Räuberhöhle, im Wohnzimmer auf dem Sofa. Im Sommer wurde an den Samstagen regelmäßig in ihrem Garten gegrillt. Manchmal erledigte Roman mit Christoph zusammen die Einkäufe. Mit seinem Opel Kadett transportierte er die Lebensmittel und Getränke. Denn eingekauft wurde an den Wochenenden viel, es sollte niemandem an etwas mangeln. Es kamen Freunde von früher vorbei. Jeder war willkommen und wurde gastlich bewirtet. Wir spielten Fußball, Federball oder Karten. Es wurden aktuelle Themen besprochen, laut Musik dabei gehört, gelacht, gescherzt, bis weit in die Nacht hinein. Die Nachbarn hatten kein Problem damit, denn sie feierten mit uns mit.

Im Gegensatz zu Christoph hatte Brigitte ihren Alkoholkonsum nicht reduziert. Oberflächlich betrachtet schien es auch keine negativen Auswirkungen auf Brigitte zu haben. Durch das Trinken in der Gesellschaft öffnete sich Brigitte ein Stück weit. Manchmal machte sich ein Hauch von Fröhlichkeit auf ihrem Gesicht breit. Ich hatte den Eindruck, dass ihr dieses Leben an Christophs Seite gefiel.

Fast jeden Sonntag ließ es sich mein Bruder nicht nehmen, für uns zu kochen. Pünktlich um 13.00 Uhr mussten Roman und ich bei ihnen sein. Immer zauberte er für uns eine andere Köstlichkeit, wobei seine Spezialität Rindsroulade mit Spätzle waren. Ich konnte nur nicht verstehen, warum sich Christoph nie mit uns an den Tisch setzte. Das war mir unangenehm. Er kochte für uns, servierte und befahl uns, alles aufzuessen. Selbst aß er nie etwas. Nur die Reste, die wir auf unseren Tellern übrigließen, schlang er verstohlen in der Küche in sich hinein. Auch das Tischabräumen und den Abwasch erledigte er ganz allein. Er beteuerte immer wieder, dass es ihn bloß nervös machen würde, wenn jemand anderer bei ihm in der Küche stehen würde. Christoph wollte auch nicht gegeneingeladen werden oder mit uns ins Wirtshaus essen gehen.

Darum war es vor allem für mich selbstverständlich, dass wir zumindest immer mit vollen Händen zu ihnen kamen. Ich revanchierte mich für ihre Gastfreundschaft dadurch, dass ich hin und wieder ein neues Kleidungsstück für Nadine mitbrachte, Tabakwaren für Christoph und Blumen für Brigitte, oder ich übernahm ihren Wochenendeinkauf.

Ich liebte meinen Bruder wieder wie früher, ich liebte meinen Bruder mehr als Roman. Er war zu dieser Zeit mein Seelenverwandter. Christoph und Nadine waren mein Leben.

KAPITEL 28

Nadine war drei Jahre alt, als Christoph Brigitte einen Heiratsantrag machte. Roman und ich fungierten als ihre Trauzeugen. Es war eine ganz kleine Hochzeit, von Brigittes Seite kam lediglich eine Schwester. Sie heirateten nur standesamtlich. Auch wenn für meine Eltern Brigitte nicht gerade eine Wunschschwiegertochter war, war es für sie klar, dass geheiratet werden musste, schließlich gab es Nadine. Brigitte wurde nun offiziell in die Familie aufgenommen.

Es war eine gute Zeit damals. Die Beziehung zu meiner Mutter hatte sich seit meinem Auszug signifikant verbessert. Es gab nie Streit, wenn ich bei meinen Eltern vorbeischaute. Wir besprachen auch nie wirklich wichtige Themen und wenn Roman mit dabei war, wurde ohnehin nur rumgeblödelt. Es gab so etwas wie eine gewisse Leichtigkeit. Auch die Spannungen zwischen meinen Eltern schienen sich nach dem Auszug Christophs gelöst zu haben. Sie wirkten wie ein eingespieltes Team, es schien keine Reibungspunkte mehr zwischen ihnen zu geben.

Zu dieser Zeit erlebte ich Weihnachten wieder fast wie früher, als ich ein kleines Kind war. Alle von der Familie kamen nur an diesem einen Tag im Jahr bei meinen Eltern zusammen. An diesem Tag durfte, so wie früher, kein böses Wort fallen, es durfte nicht gestritten werden. Alle mussten schön gekleidet sein.

Nadine, Brigitte, Christoph, Roman, meine Eltern und ich aßen pünktlich um 17.00 Uhr bei meinen Eltern zu Abend. Die Männer bekamen ihren Karpfen, wir Frauen und die kleine Nadine bevorzugten Hühnchen. Als Beilage gab es, so wie früher, mindestens vier verschiedene Salate aus biologischem Anbau, nach wie vor liebevoll von meinem Vater aufgezogen. Nach dem Essen wusch meine Mutter das Geschirr, immer noch allein, ab. Weder meiner Schwägerin noch mir kam es in den Sinn, mit dieser Tradition zu brechen. Danach zog sich auch meine Mutter ihr schönstes Kleid an und wir gingen gemeinsam ins Wohnzimmer, wo der frisch aufgeputzte Christbaum im schönen Kerzenlicht erstrahlte. Es wurden unter dem Baum Weihnachtslieder gesungen, mein Vater zündete die Spritzkerzen an und verteilte die Geschenke, wobei er jedes einzelne Paket, schüttelte, drehte und wendete und zu erraten versuchte, was sich wohl unter all dem Glitzerpapier verbarg.

Ferdinand, der mittlerweile verheiratet war, kam mit seiner Frau, ebenso wie meine Halbgeschwister mit ihren Partnern, nach der Bescherung und wir Erwachsenen unterhielten uns. Christoph, Brigitte, Roman, Nadine und ich blieben nie lange, schließlich wartete das Christkind auf Nadine, bei ihr zu Hause ein zweites Mal.

KAPITEL 29

So schön ich die Zeit damals auch empfand, die Beziehung zu Roman stresste mich immer mehr. Er war ein Chaot, liebenswürdig, aber ein Chaot. Selbst als seine Beifahrerin hatte ich meine liebe Not. Er verehrte damals den deutschen Rallyeprofi Walter Röhrl. Roman besaß nicht wirklich Talent, die vielen Autos, die er bereits zu Schrott gefahren hatte, sprachen eine eindeutige Sprache. Dennoch eiferte er nimmermüde seinem Idol hinterher. Es wäre ihm nie in den Sinn gekommen im Winter, auf schneeglatten Straßen normal einzuparken. Es schien, als sei es ein innerer Zwang in die freien Parklücken mit angezogener Handbremse zu triften. Ich auf dem Beifahrersitz krampfte dabei jedes Mal zusammen, krallte meine Finger in den Beifahrersitz und erlitt kleinere Panikattacken mit Schnappatmung. Er hatte kein Problem damit, dass ich ein Problem mit seiner Fahrweise hatte. Er meinte nie etwas böse, er dachte einfach bei dem, was er machte nicht an andere.

Im Sommer, wenn das Wetter schön war, fuhr er meist mit seiner Enduro KTM zur Arbeit und dieses Sportgerät wollte partout nie anspringen. Und so kam es, dass Roman um 6.00 Uhr morgens, immer und immer wieder den Kickstarter hinuntertrat, dabei am Gasgriff drehte und laut fluchte. Dass er damit einige der Hausbewohner aufweckte, kam ihm natürlich nicht in den Sinn oder es war ihm schlichtweg egal.

Richtig schlimm war für mich die Zeit, als wir unseren ersten gemeinsamen Urlaub antreten wollten. Zehn Tage Pula. Ich freute mich riesig auf meine erste Reise ans Meer. In der Woche davor, es war Donnerstagabend, fuhr Roman nach Sams, um Heinz zu besuchen. Ich hatte keine Lust ihn zu begleiten, unter der Woche ging ich schon lange nicht mehr aus. Die Zeit damals mit Sigi war mir eine Lehre gewesen. Außerdem wollte ich noch ein paar Teile bügeln, die unbedingt in den Urlaub mitmussten.

Als ich Roman das nächste Mal sah, wollte ich ihn töten. Nach drei unendlich langen Tagen und Nächten stand er wieder vor der Tür und meinte zu mir: „Hallo Puppi, du, ich habe mein gesamtes Urlaubsgeld beim Kartenspielen verloren. Fahren wir halt anstatt nach Pula, zu meiner Tante nach Regensburg, das kostet uns nichts. Ich schwöre, ich wollte ihm in diesem Moment seine dämlich grinsende Sonnyboyfresse polieren. Auf ihn einschlagen, immer und immer wieder, solange bis ich mit ihm fertig war. Der ganze Zorn, die unendliche Angst, die ich jede Minute dieser beschissenen drei Tage und Nächte um ihn hatte, entlud sich in einem hysterischen Anfall. Ich schrie ihn aus voller Kehle an, schmiss ihm die schlimmsten Schimpfwörter an den Kopf. Danach fuhren wir in den Urlaub, nach Pula. Ich übernahm sämtliche Kosten.

Man konnte durchaus behaupten, dass Roman sehr viel von seinem Vater hatte.

Auch er war in seiner Jugend ein liebenswürdiger Halunke gewesen, frei von jeglichem Verantwortungsbewusstsein, der stets sein ganzes Geld verjubelt hatte. Romans Mutter war hingegen die Mutter, die ich nie hatte, mir aber immer wünschte. Sie war ein Engel an Geduld und Liebenswürdigkeit. Niemals sagte sie ein lautes Wort, war stets in sich ruhend und das, obwohl ihr Mann auch im Alter ein unzuverlässiger Kerl war, der gerne mit seinen Freunden in Lokalen hockte und dabei seine gesamte Pension verprasste.

Frau Schachinger war eine begnadete Köchin, Bäckerin und Schneiderin. Ihr Arbeitstag begann täglich um 6.00 Uhr in der Früh, auch an Sonn- und Feiertagen. Die Küche war ihr Arbeitsplatz. Im vorderen Bereich des Raumes war links und rechts eine Küchenzeile angebracht, danach kam ein großer, rechteckiger Tisch, mit je vier Stühlen an den Längsseiten. Damit war der Raum ausgefüllt. Auf dem Tisch stand Frau Schachingers Nähmaschine. Auf der Stirnseite des Raumes sorgte ein großes Fenster für ausreichend Tageslicht.

Am Anfang unserer Beziehung übernachtete ich öfter bei Roman zu Hause, und selbst wenn der Abend zuvor bis weit nach Mitternacht gedauert hatte, schlich ich mich spätestens um 7.00 Uhr morgens aus Romans Zimmer, ließ ihn alleine im Bett zurück und gesellte mich zu Frau Schachinger in die Küche.

Ich setzte mich auf einen der Stühle, sah ihr bei der Arbeit zu und wir unterhielten uns über das Leben. Ich durfte ihr alles erzählen, was mich bewegte und alles fragen, was mich interessierte, selbst Sex war hin und wieder ein Gesprächsthema. Es fiel mir leicht, mit ihr über alles zu reden, sie war sehr verständnisvoll und nie belehrend. Auch Frau Schachinger gab mir zu verstehen, dass sie mich lieb hatte, sie sagte mir, dass sie mich sehr gerne als ihre Schwiegertochter hätte, und das, obwohl ich zu dieser Zeit überhaupt keine hausfraulichen Talente besaß. Ihre sanfte, liebevolle Art brachte mich aber bald dazu, dass ich mich fürs Kochen und Backen zu interessieren begann.

Bis dahin bestanden meine Kochkünste darin, dass ich eine bestimmte Marke an Pasta asciutta fix Gewürzmischung einer anderen Marke vorzog, weil sie um ein paar Groschen teurer war und ich somit der Meinung, dass die Spaghetti Bolognese dadurch besser schmecken würden. Bei Frau Schachinger lernte ich, dass dieses Gericht gar keine industriell gefertigte Würzbasis benötigt, sondern: frisches Faschiertes, Tomaten, Knoblauch, Karotten in Stifte geschnitten, Tomatenmark, Salz, Thymian und Oregano. Der Geschmack ist unvergleichlich.

Eigentlich war ich schon als kleines Mädchen, als ich noch nicht einmal an die Arbeitsfläche reichte, am Kochen interessiert gewesen, aber meine Mutter meinte damals immer nur, dass ich ihr im Weg stünde, und sie sagte mir, wenn ich das Kochen lernen wolle, sollte ich erst einmal mit dem Geschirrabwasch beginnen. Diese Zauberworte meiner Mutter bewirkten bei mir, dass sich damals mein Interesse am Kochen wieder ganz schnell in Luft auflöste.

Ebenso wie ihre Kochkünste, waren Frau Schachingers Nähkünste weithin bekannt. Egal, was sie anpackte, es gelang ihr wie von Meisterhand.

Selbst Kostüme oder Anzüge schneiderte sie wie ein Profi den Leuten auf den Leib, und dieses Talent nutzten sowohl Nachbarn als auch Verwandte schamlos aus. Sie kamen nie auf Besuch vorbei, ohne unter der Armbeuge ein Kleidungsstück mitzuführen, das irgendwie umgeändert werden musste. Vielleicht könnte Frau Schachinger ja, während man ihre frisch gebackene Mehlspeise probierte, dazu den frisch aufgebrühten Kaffee trank, den neuesten Klatsch verbreitete, auf den Frau Schachinger nie Wert gelegt hatte, gleich die Änderungen am Kleidungsstück durchführen oder zumindest besprechen was zu tun sei, ohne dabei ernsthaft an eine Entlohnung zu denken. Schließlich war man ja unter Freunden. Frau Schachinger brachte es nicht über ihr Herz, angemessene Entlohnung für ihre Dienste zu verlangen und so musste sie, um das Geld für die laufend anfallenden Lebenshaltungskosten aufbringen zu können, noch nebenbei Putzen gehen. Wenn am Ende des Monats dennoch ein paar Schillinge übrig blieben, steckte sie das Geld ihrem notorisch blanken Sohn in die Taschen.

Wäre Romans Mutter nicht so eine liebe Frau gewesen, hätte ich ihn wohl schon früher verlassen, aber wegen ihr dachte ich damals sogar ernsthaft darüber nach, Roman zu heiraten.

Allerdings machten es mir seine ständigen Eskapaden unmöglich, diesen Plan in die Realität umzusetzen. Es gelang mir nicht, meine innere Unruhe, verursacht durch seine unzähligen Fehltritte, mit Hilfe von Yoga- und Meditationsübungen wegzuatmen. Ich wurde immer unausgeglichener, oft sehnte ich mich wieder danach, allein in meiner Wohnung zu leben, Einsamkeit hin oder her. Und so sehr ich Frau Schachinger auch verehrte, musste ich ihr doch eine Teilschuld an Romans unreifem Verhalten geben. Denn selbst als jungen Erwachsenen behandelte sie ihn so, als wäre er noch ein kleines Kind. Sie erzählte mir einmal, dass sie ein unglaublich schlechtes Gewissen mit sich trüge, weil sie Roman als ganz kleines Kind in die Obhut fremder Menschen geben musste, um Geld zu verdienen. Romans Vater hatte sich damals aus dem Staub gemacht und kam erst zu ihr zurück, als sein Sohn acht Jahre alt war.

KAPITEL 30

Irgendetwas Schlimmes war passiert, dachte ich mir, als ich Brigitte wiedersah. Ihr neuer Look irritierte mich sehr.

Brigitte hatte begonnen, ihr Gesicht auf absurde Weise zu bemalen. Sie umrandete ihre Augen mit schwarzem Lidstrich und ließ sie dadurch noch kleiner wirken, als sie ohnehin schon waren. Sie gab hellblauen Lidschatten auf ihre Lider und tuschte sich ihre Wimpern mit dunkelblauer Mascara. Brigitte entfernte sich sämtliche Augenbrauenhaare und malte sich an deren Stelle einen schwarzen Halbbogen. Sie gab rosafarbenes Rouge auf ihre Wangen und benutzte einen knallroten Lippenstift, der ihre schmale Oberlippe betonte.

Ihr Make-up wirkte clownesk. Auch tauschte Brigitte ihre Jeans und T-Shirts gegen hautenge Kleider und sie trug seit Neuestem High Heels. Die Absätze waren aber zu hoch, denn sie schaffte es nicht, ihre Knie durchzustrecken. Sie sah beim Gehen aus, als hätte sie ihre Hose voll.

Es war mir ein Rätsel, was sie mit ihrer Veränderung bewirken wollte, auf mich wirkte sie auf eine beängstigende Weise skurril und ich konnte mir vorstellen, dass sie sich nicht für Christoph so verändert hatte. Ich wusste, dass er nichts von künstlicher Attraktivität hielt, von künstlicher Unattraktivität sicherlich noch viel weniger.

Nadine sah hingegen jedes Mal sehr vernachlässigt, fast verwahrlost aus. Ihre Kleidung war schmutzig, das Mädchen war ungekämmt, mit Rotznase und Sand in den Augen. Christoph wirkte traurig und unsicher.

Wenn ich seit Neuestem zu ihnen kam, schien er in Gedanken zu sein. Er wirkte sehr auf Brigitte fixiert, bemühte sich intensiv um ihre Aufmerksamkeit und Brigitte ließ ihn abprallen. Sie fing an, Christoph von oben herab zu behandeln, selbst in meiner Gegenwart. Diese Situationen erinnerten mich an Szenen aus meiner Kindheit, als mein Vater krampfhaft versucht hatte, meiner Mutter zu gefallen. Auch wenn ich die Tragödie, die sich zwischen ihnen abspielte, nicht greifen konnte, so konnte ich doch die negative Stimmung spüren, die zwischen ihnen herrschte.

Ich traute mich aber nicht, Christoph darauf anzusprechen. Ich hätte ohnedies nichts ausrichten können, soweit kannte ich meinen Bruder. Ich wollte abwarten, ob er von sich aus zu mir kommen würde, bis dahin spielte ich meinen Part in diesem Trauerspiel irgendwie mit.

Ich konzentrierte mich, wenn ich bei ihnen war, ausschließlich auf Nadine. Ich brachte ihr die aktuellsten Kinderlieder bei, wir spielten zusammen mit Puppen, zeichneten, malten, formten. Ich las ihr Tiergeschichten vor. Ich versuchte in Nadines gedanklichem Lebensraum, der durch das elterliche Gefühlschaos immer mehr zugemüllt wurde, eine kleine, imaginäre *Heile Welt Nische* einzurichten, in die sie sich notfalls allein zurückziehen könnte, so wie ich es damals in meiner Kindheit auch gemacht hatte.

Und es kam der Tag, an dem ich einsah, dass Brigitte und Christoph ihre Probleme ganz allein unter sich klären mussten und ich beschloss, sie für einige Zeit nicht mehr zu besuchen.

KAPITEL 31

Es kam schlimmer, als ich befürchtet hatte. Ich bekam den Anruf an einem Freitagabend gegen 20.00 Uhr. Brigitte weinte nicht, ihre Stimme war kalt. Sie lallte, sie war betrunken. So wie sie redete, stellte ich mir vor, konnte sie sich kaum auf ihren Beinen halten.

Sie sagte mir, dass die Polizei dagewesen sei und Christoph mitgenommen hätte. Brigitte sprach in einem monotonen, resignierten Ton, sie erzählte, dass Christoph den Nachbarn umbringen wollte und sie mit Nadine zusammen ihn verlassen werde. Noch bevor ich kapierte, was sie mir da gerade erzählte, hängte sie den Hörer ein. Ich versuchte gleich zurückzurufen, aber sie hob nicht mehr ab.

Ich bekam entsetzliche Angst um Nadine und um Christoph. Wo wollte Brigitte in ihrem Zustand mit Nadine hin? Was, wenn wir Nadine nie wiedersehen würden? Christoph in einer Zelle eingesperrt. Wie verzweifelt musste mein kleines Mädchen sein. Ihr geliebter Papi weg.

Die Szenen, die sich in meinem Kopf abspielten, brachten mich an den Rand der Verzweiflung. Dann begannen mich meine Gedanken zu bombardieren. War ich schuld, hätte ich es verhindern können, verhindern müssen?!

Ich habe doch gesehen, dass so etwas passieren wird, weshalb habe ich mich nicht eingemischt. Ich hasste mich für meine Feigheit. Ich hatte es gesehen und nichts getan, um es zu verhindern. Es wäre meine Pflicht gewesen. Ich hätte Christoph ansprechen müssen, schon allein wegen Nadine. Meine Gedanken drehten sich immer und immer im Kreis, mein Bauch begann sich zu verkrampfen, ich begann zu weinen. Ich fühlte mich unendlich hilflos und einsam. Roman war, wie meist am Freitagabend bei Heinz. Ich hätte ihn jetzt so dringend gebraucht. Nur dieses eine Mal hätte ich mich gerne in seine Arme geschmissen, hätte ich mich gerne von ihm halten lassen. Ich hätte mir gewünscht, dass mir jemand gesagt hätte, dass nicht ich an all dem schuld sei. Irgendwann in den frühen Morgenstunden war ich innerlich leer, ich hatte keine Tränen mehr zu vergießen und ich fiel in einen traumlosen kurzen Schlaf. Roman kam in dieser Nacht nicht nach Hause.

Ich fuhr am nächsten Morgen mit dem Bus zu Christophs Wohnung. Er war da, Brigitte und Nadine nicht. Wir setzten uns ins Wohnzimmer. Er begann mir zu erzählen, dass er am Vortag früher von der Arbeit nach Hause gekommen war.

Er wollte Brigitte eine Freude machen. Schon seit längerem hatten sie keinen Sex mehr miteinander. Brigitte hatte keine Lust mehr, meinte er. Er hatte gehofft, wenn er sich mehr bemühe, würde es schon wieder werden. Er hatte für sie einen schönen Blumenstrauß und ihre Lieblingspralinen besorgt. Als er die Wohnung betrat, sagte er leise und blickte dabei verächtlich zu Boden, sah er Brigitte und den Nachbarn im Wohnzimmer beim hemmungslosen Liebesspiel. Wo Nadine war, konnte er nicht sagen. Christoph erzählte, dass er, ohne ein Wort zu sagen, die Wohnung verließ, dass er in den kleinen Lebensmittelladen ging und sich eine Flasche Schnaps kaufte. Dass er sich im nächstgelegenen Waldstück eine Stelle gesucht hatte, an der er ungestört war. Christoph hatte nie zuvor Schnaps getrunken, nun hoffte er auf die betäubende Wirkung. Er wollte das Gesehene auslöschen, er wollte sterben.

Er sagte, dass er nicht mehr wisse, wie und wann er zurückgekommen war. Er könne sich erst wieder daran erinnern, dass er wie von Sinnen mit seinen Fäusten an die Eingangstür des Nachbarn hämmerte und dabei schrie, der solle die Türe aufmachen, die feige Sau und er würde ihn umbringen. Er erzählte von dem Film, der vor seinem inneren Auge ablief, dass er sah wie ihm seine Frau und Tochter mit unsichtbarer Hand weggerissen wurden, dass er den Halt verlor, den Boden unter den Füßen, dass er sah wie er strauchelte, wie Brigitte und Nadine im Nebel verschwanden.

Nie wieder würde er seine Mädchen sehen. Er hämmerte unaufhörlich, wie ein Irrer, auf die Tür ein, er wollte zu seiner Familie. Dann spürte er einen festen Griff an seiner Schulter, er wurde umgerissen, er verlor nun tatsächlich den Boden unter seinen Füßen. Uniformierte hatten ihn gepackt. Was danach passierte, daran konnte er sich wieder nicht erinnern.

Jemand klopfte an seine Wohnungstüre. Roman war gekommen. Ich nutzte sein Kommen und klinkte mich aus. Ich ging in die Küche und ließ die zwei Männer allein im Wohnzimmer, unter sich. Ich musste durchatmen, das Gehörte irgendwie verdauen. Ich suchte in seiner Küche nach Zutaten und beschäftigte mich mit Kochen. Nebenbei hörte ich, wie Roman Christoph jegliche Hilfe anbot. Er sagte, dass er sein Freund sei und alles für ihn tun würde.

Auch wenn ich von Roman bitter enttäuscht war, freute ich mich in diesem Moment über seine Aussage. Mein Bruder konnte nun jede erdenkliche Unterstützung brauchen.

Christoph kam in die Küche und holte für sich und Roman ein Bier aus dem Kühlschrank, er bot mir auch eines an. Ich lehnte ab, konnte und wollte um 11.00 Uhr vormittags keinen Alkohol trinken.

Christoph sah noch wesentlich betrunkener aus, als er sich anhörte. Seine dunkelbraunen Augen waren glasig, aber weit offen, rund vor Anstrengung. Seine Haut war an manchen Stellen rotfleckig und an manchen aschgrau, sein ganzes Gesicht gezeichnet von den Folgen der schrecklichen Ereignisse der letzten Nacht und der gewaltigen Mengen Alkohol, die er in sich hineingeschüttet hatte.

Als ich die warme Mahlzeit im Wohnzimmer servierte und mich wieder zu den Männern setzte, erzählte Christoph, dass Brigitte mit Nadine in die Betreuungsstätte zurückgegangen war und dass Brigitte umgehend die Scheidung von ihm verlangte. Er sagte auch, dass er ihr verzeihen wolle, dass er alles dafür tun würde, um Brigitte zur Rückkehr zu bewegen. Dass er dafür sorgen wolle, dass sie und Nadine für immer bei ihm bleiben würden. Er sagte, dass er mit dem Trinken aufhören werde, ging zum Kühlschrank und holte sich ein weiteres Bier. Christoph rührte seinen Teller nicht an. Er trank unzählige Biere und rauchte eine nach der anderen seiner selbstgedrehten Zigaretten.

Es war noch hell draußen, als er auf seiner Wohnzimmercouch einschlief. Wir ließen ihn liegen, deckten ihn lediglich zu. Ich wollte Christoph nicht alleine lassen, wir blieben über Nacht bei ihm.

Am nächsten Morgen bat er uns, ihn zu verlassen. Er wollte zu unserer Mutter, ihr alles erzählen und danach wollte er in die Betreuungsstelle und versuchen, mit Brigitte zu reden. Ich drückte ihn und versicherte ihm, dass auch ich jederzeit für ihn da sein würde.

Die nächsten Tage und Wochen verliefen ruhig. Ich mischte mich in die Beziehung meines Bruders nicht ein, ich besuchte auch meine Eltern nicht. Ich bekam mit, dass Brigitte und Nadine wieder zu Hause eingezogen waren, das reichte mir an Information. Erst als Nadines fünfter Geburtstag anstand, fragte ich nach, ob Roman und ich sie besuchen dürften. Christoph und Brigitte versicherten uns, dass sie sich über einen Besuch sehr freuen würden.

Ich besorgte kulinarische Genüsse für uns Erwachsene und für meine geliebte Nadine viele, viele Geschenke. Ich wollte ihr durch meinen Kaufrausch zeigen, wie sehr ich mich auf sie freute.

Als ich mit Roman an Nadines Geburtstag ihre Wohnung betrat, verschlug es mir den Atem. Nicht nur, weil die Luft von Zigarettenqualm geschwängert war, sondern auch wegen des Anblicks, den mir die beiden Erwachsenen boten. Christoph und Brigitte waren um 12.00 Uhr mittags bereits schwer betrunken. Die Wohnung war verdreckt, es dröhnte ohrenbetäubend Janis Joplin vom Plattenteller.

Nadine freute sich riesig über unser Erscheinen. Wir küssten uns und lagen uns minutenlang in den Armen. Am liebsten hätte ich mit dem Mädchen in meinen Händen am Absatz kehrt gemacht. Sollen sich die Eltern doch zugrunde richten, wenn sie das so wollen, waren dabei meine Gedanken. Ich würde Nadine mit Liebe überschütten, würde ihr all die Liebe geben, die ich selbst als Kind von meiner Mutter nie bekommen hatte. Ich konnte mich in diesem Moment über die Aussöhnung, die offensichtlich zwischen Christoph und Brigitte stattgefunden hatte, nicht freuen. Sie schienen wieder losgelöst von ihrer Umwelt, in ihrer ganz eigenen Matrix zu sein. Gemeinsam gegen den Rest der Welt, an ihre gemeinsame Tochter schienen sie dabei nicht zu denken.

KAPITEL 32

Sechs Wochen nach Nadines fünften Geburtstag verließ Brigitte ihre kleine Familie. Sie habe einen Freund irgendwo und könne sich um Nadine nicht kümmern, sollen ihre letzten Worte beim Abschied gewesen sein.

Christoph erzählte mir die Geschichte, als ich mich nach einiger Zeit entschlossen hatte, wieder einmal bei ihnen nach dem Rechten zu sehen.

Es war Samstagvormittag, ich hatte von der Bäckerei frische Brötchen und Mehlspeisen besorgt. Nadine war bei einem Nachbarsmädchen spielen und nun saß ich wieder einmal mit meinem Bruder allein im Wohnzimmer. Vor Christoph auf dem Tisch stand in gewohnter Manier eine geöffnete Bierdose und ein von Smart-Zigarettenstummeln übervoller Bleiglas-Aschenbecher. Auf den Wohnzimmermöbeln verteilt lagen Kleidungsstücke, in der Küche türmten sich schmutzige Teller und Pfannen, der Staub in den Regalen war nicht zu übersehen und es roch ranzig. So wie es aussah, war in der Räuberhöhle seit Tagen nicht mehr aufgeräumt und gelüftet worden.

Christoph erzählte mir von dem schaurigen Bild, wie Nadine ihre Mutter am Weggehen hindern wollte, dass sie sich an Brigittes Rock festhielt, sie unter Tränen anflehte zu bleiben. Wie Brigitte die Kleine wegschubste und mit zwei Koffern, gefüllt mit ihren Habseligkeiten die Wohnung verließ.

Man spürte durch seine monotone Sprechweise die tiefe Verbitterung und Resignation. Christoph erzählte mir auch, dass Brigitte ihm am Tag davor ins Gesicht geschleudert hatte, dass der ganze Ort der Meinung gewesen sein musste, ich und Christoph seien miteinander verheiratet, so wie wir miteinander umgegangen sind.

Sie hätte sich immer wie das fünfte Rad am Wagen gefühlt und Roman auch und das sei der Grund gewesen, weshalb sie und Roman miteinander geschlafen hatten.

Die Worte drangen wie in Zeitlupe an mein Ohr, kamen verzerrt in meinem Kopf an. Mein erster Gedanke war: Gott sei Dank, Brigitte hat Nadine nicht mitgenommen. Danach kam erst Roman. Er war mir egal. Irgendwie passte das zu dem Bild, dass ich mittlerweile von ihm hatte. Ich war nicht überrascht oder enttäuscht. Ich war sogar irgendwie froh darüber, nun würde ich leichten Herzens mit ihm Schluss machen können.

Nicht egal war mir der Umstand, dass Brigitte unter meiner Geschwisterliebe zu Christoph offensichtlich schwer gelitten hatte. Mir gegenüber machte sie kein einziges Mal eine Andeutung. Das war das Letzte, was ich wollte. Vielleicht Teilschuld daran zu haben, dass ihre Ehe zerbrochen war. Ich konnte und wollte in diesem Augenblick diese Gedanken nicht vertiefen. Fakt war, dass Brigitte gegangen war und mein Bruder ein alkoholkrankes Wrack.

Ich wusste nicht, was ich Christoph antworten sollte. ich suchte auch nicht nach tröstlichen oder aufmunternden Worten. Alles was ich sagen konnte, hätte höchstens höhnisch geklungen. Christoph gab mir auch zu verstehen, dass er seine Ruhe haben wollte.

Ich ließ ihn mit den frischen Brötchen und Mehlspeisen in seiner Räuberhöhle zurück.

Am nächsten Tag setzte ich Roman vor die Tür. Es passierte unspektakulär, ohne Streit und Vorwürfe, oder irgendwelche Diskussionen. Roman zog wieder heim zu seinen Eltern.

Auch ich wollte nicht mehr bleiben und entschied mich kurzerhand für einen Wohnungs- und Jobwechsel. Ich wollte wieder zurück nach Fonsdorf zu meiner Familie, in die Nähe von Christoph und Nadine. Ich dachte mir, dass sie mich in dieser schwierigen Zeit mehr denn je brauchten.

Auch Fortuna sah das so. Innerhalb kürzester Zeit bekam ich eine Stelle im einzigen Betrieb in Fonsdorf angeboten und eine kleine, leistbare Wohnung. Die Wohnung hatte zwar nur knappe 50m², für mich allein würde sie aber reichen. Ich hatte ohnehin nicht die Absicht in absehbarer Zeit wieder mit einem Mann zusammenzuziehen und die Miete war so gering, dass ich sie mir leisten konnte, obwohl ich in meinem neuen Job bei weitem nicht mehr dasselbe verdienen würde wie in meiner letzten Anstellung.

Die neue berufliche Herausforderung bestand darin, elektronische Printplatten mit winzigen Bauteilen zu bestücken, die Leiterplatten wurden danach in tragbaren Computern für die Forstwirtschaft eingebaut.

KAPITEL 33

Seit wir Kinder von zu Hause ausgezogen waren, hatte sich unsere Mutter ein neues Hobby zugelegt. Sie hatte begonnen, sich um die freilaufenden Katzen in Fonsdorf zu kümmern. Sie fütterte sie nicht nur zweimal am Tag mit Katzentrockenfutter, sie kochte regelrecht für sie. Sie kochte Reis, Haferflocken und Gemüse und vermischte es mit Dosenfutter. Zu manchen Zeiten betreute sie bis zu 15 Katzen, die in einer verlassenen Scheune Unterschlupf fanden. Wenn meine Mutter eine der scheuen Katzen zu fassen bekam, brachte sie diese zum Tierarzt. Der wiederum kastrierte, beziehungsweise sterilisierte die Tiere kostenlos.

Die Geschichte rund um die gescheiterte Ehe Christophs nahmen unsere Eltern fast emotionslos auf, da meine Mutter ohnehin zuvor wusste, dass es so ausgehen würde. Nun konnte sie Christoph ins Gesicht sagen, dass Brigitte in ihren Augen eine *nichtsnutzige*, verdammte Hure ist. Sie hatte auch keine Scheu, es neben Nadine zu sagen. Mein Bruder verteidigte Brigitte nicht, er wies auch unsere Mutter nicht in ihre Schranken, so etwas nicht in Nadines Nähe zu sagen. Dass das Kind Höllenqualen litt, es seine Mutter genauso brauchte und liebte wie seinen Vater, schienen beide nicht zu bedenken. Das Mädchen kam nun tagsüber, während Christoph in der Arbeit war zu unserer Mutter. Mir krampfte das Herz bei dieser Lösung, konnte aber selbst nichts dagegen unternehmen.

Ich musste, genauso wie Christoph arbeiten gehen. Außerdem war es für unsere Mutter klar, dass Nadine gerade jetzt ihre Führung, ihre starke Hand brauchte, Zucht und Ordnung.

Ich nahm mich an den Wochenenden Nadines an. Ich ging nicht aus, ich war nur für das Mädchen da. Ich versuchte, ihr eine Wochenendmutter, eine Verbündete, eine Freundin zu sein.

Die Leute im Ort bekamen die Tragweite dieser kleinen Tragödie nicht mit. Sie sahen das, was sie sehen wollten. Sie sahen, dass meine Mutter sich um Nadine kümmerte und auch Christoph spielte seine Rolle in der Öffentlichkeit nicht schlecht. Er ging nach wie vor nicht ins Wirtshaus, er betrank sich jeden Tag zu Hause, hinter verschlossener Tür. Die Freunde von früher besuchten ihn nicht mehr, es drang nichts nach außen. Christoph hatte nach Brigittes Auszug nur einen einzigen Freund, einen neuen Freund, und das war sein Arbeitskollege Gerhard. Christoph nannte ihn Gerdschi. Gerdschi war verheiratet, hatte zwei Kinder und war ebenfalls alkoholkrank. Er wohnte mit seiner Familie in Weyer, fast 100 Kilometer von Christoph entfernt, was ihn jedoch nicht davon abhielt, so gut wie jedes Wochenende bei Christoph und Nadine zu sein. Schon an den Samstagvormittagen stand sein Auto vor Christophs Wohnung. Er versorgte ihn kistenweise mit Bier.

Ich fand das Verhalten meines Bruders schrecklich und ich hasste Gerdschi. Er war für mich wie eine widerliche Zecke, die sich in Christoph verbissen hatte und ihn aussog. Nadine musste mitansehen, wie sich ihr Vater an den Wochenenden mit seinem Freund hemmungslos betrank, dabei drehte sich immer die gleiche LP am Plattenspieler. *Aqualung* von Jethro Tull, in voller Lautstärke.

Ich stand ebenfalls jedes Wochenende vor Christophs Türe. Ich ließ mich nicht abwimmeln, ich versuchte, so gut es ging, Nadines schweres Leben etwas erträglicher zu machen. Entweder war ich bei ihnen zu Hause oder ich holte Nadine zu mir in meine kleine Wohnung. Wir unternahmen Spaziergänge, manchmal fuhren wir mit dem Bus nach Sams, um ins Kino zu gehen oder wir gingen schwimmen, je nach Jahreszeit und je nachdem wozu Nadine Lust hatte. Parallel dazu versuchte ich, an Christoph heranzukommen, versuchte, wenn sein Freund einmal nicht da war, mit ihm ernsthafte Gespräche zu führen. Aber Christoph blockte jedes Mal ab. Ich bekam von ihm den Spruch zu hören: „Ich bin ein großer Bub." Er machte mir damit klar, dass er nicht daran interessiert war, mit mir über seine Lebensumstände zu reden.

Er gab mir zu verstehen, dass er auch gut ohne mich auskommen würde. Ich war ihm lästig geworden.

Aber so schnell wollte ich nicht aufgeben, irgendwie musste ich an ihn herankommen und so entschloss ich mich dazu, ihm einen Brief zu schreiben. Ich schrieb ihm, dass ich ihn jämmerlich fand, ich von ihm erwartete, endlich Verantwortung für seine Tochter zu übernehmen und mich sein erbärmliches Selbstmitleid anwiderte. Ich nahm mir kein Blatt vor den Mund, versuchte nicht höflich zu sein. Ich ließ meinem Entsetzen freien Lauf.

Seine Antwort auf mein Schreiben kam auch prompt, aber sie war nicht die von mir gewünschte, auch wenn ich damit rechnen musste. Er meinte, dass es wohl besser sei sich eine Zeit lang aus dem Weg zu gehen. Das war alles, mehr hatte er nicht zu sagen.

Mir blieb nichts anderes übrig, als Christophs Antwort zu akzeptieren. Ich musste loslassen und darauf hoffen, dass alles gut werden würde. Jedes weitere Bemühen, so dachte ich, würde die Situation nur noch schlimmer machen. Ich musste darauf vertrauen, dass Christoph irgendwann, nämlich dann wenn der richtige Moment kommt, er wahre Stärke beweisen und gegen seine Sucht ankämpfen würde.

Ich zog mich zurück. Ich ging meiner Arbeit nach, die ich genauso wenig leiden konnte wie meinen letzten Job, und ansonsten machte ich nicht viel. Ich war schon ewig nicht mehr bei meinen alten Freunden, ich hatte auch keine Lust dazu.

Ich war mir sicher gewesen, wäre ich zum Steinmeier gegangen, hätte sich der eine oder andere über mein Erscheinen gefreut. Aber sie hätten mich gefragt, wie es Christoph gehe und ich wollte, konnte, einfach nicht darüber reden und deswegen blieb ich lieber allein zu Hause.

Ich hatte keinen Freund oder Freundin, dem oder der ich mich anvertrauen hätte können. Schon gar nicht wollte ich mich mit meiner Mutter besprechen. Sah ich ja vor allem sie als Grund allen Übels. Mit ihrer beherrschenden, lieblosen Art, schürte sie Zwietracht, statt die Familie zusammenzuhalten. Wenn ich bei meiner Mutter war, nannte sie Christoph einen Trottel, Gisel meine Halbschwester eine Hure, meinen Vater einen Idioten. Natürlich sagte sie das niemandem ins Gesicht, immer nur hinter dem Rücken. Ich wusste, dass mich meine Mutter hinter meinem Rücken ebenfalls als Hure bezeichnete. Es war einfach ihre Art, grob, verbittert, herzlos. Lediglich für ihre Katzen schien sie etwas übrig zu haben.

So harrte ich der Dinge und wollte den 30. Geburtstag meines Bruders nutzen, um eine neuerliche Annäherung zu wagen. Ich war zuversichtlich, dass auch Christoph an einer Aussöhnung gelegen war.

Schließlich waren einige Wochen seit unserem Streit vergangen und insgeheim wusste ich natürlich, dass er mich auch liebte.

Es war Samstag, ich hatte den ganzen Vormittag Zeit und dank Romans Mutter hatte ich auch eine gewisse Ahnung, was das Kuchenbacken anging. Mir war es wichtig gewesen, selbst zu backen und ich machte gleich drei verschiedene Arten von Mehlspeisen. Eine Topfentorte, weil ich wusste, dass es Christophs Lieblingsmehlspeise war, einen Schokokuchen, weil er auch gerne Schokolade aß und eine Mohnnusstorte, weil das Nadines Lieblingstorte war.

Die Mehlspeisen gelangen mir optisch nicht perfekt, aber ich verwendete nur die besten Zutaten und steckte all meine Liebe, die ich für die beiden empfand in die Zubereitung der Süßspeisen. Ich war mir sicher, dass sie den beiden schmecken würden.

Als ich vor Christophs Wohnung stand, waren die Vorhänge am helllichten Tag zugezogen, dennoch wusste ich, dass er zu Hause war. Das Küchenfenster war gekippt, ich konnte die Musik raushören. Ich klopfte an seine Tür, die Musik wurde abgedreht. Ich klopfte nochmal, betretene Stille. Ich spürte, dass Christoph hinter der Türe stand. Ich klopfte noch einmal, er öffnete mir nicht. Ich stellte die Torten vor seiner Türe ab und ging.

Das war der schlimmste Moment in meinem Leben. Ich begann lautlos, hemmungslos zu weinen.

Christoph hatte mir soeben mein Herz gebrochen. Ich ging die zwanzig Minuten unter einem undurchsichtigen Schleier aus Tränen zu mir nach Hause. Ich sah nichts, ich spürte nur tiefen Schmerz. Ich schloss meine Wohnungstür auf, legte mich aufs Bett und schrie meinen Kummer laut hinaus, es tat so unglaublich weh. Ich war der einsamste Mensch auf der ganzen Welt.

Das Läuten der Türglocke riss mich aus meinem Schlaf. Draußen war es bereits finster, ich brauchte einen Moment, bis ich mitbekam, was los war. Ich setzte mich auf, sah auf den Wecker am Nachtkästchen, die Leuchtziffern zeigten 22.00 Uhr an.

Es läutete erneut, ich ging zur Tür und öffnete sie. „Heinz?!" Ich sah ihn verdutzt an: „Hallo, was machst du denn hier?" Noch nie hatte mich Heinz besucht. Ich selbst war schon mindestens seit einem Jahr nicht mehr bei ihnen auf der *Sappi-Ranch* gewesen. „Komm rein und leg ab. Ich freue mich sehr." Er meinte, dass er in der Gegend gewesen wäre, und er mich unbedingt wieder einmal sehen wollte. Er sah mir an, dass ich geheult hatte, meine Wimperntusche war verwischt, meine Nase und meine Augen gerötet. Heinz hatte zwei Flaschen Wein dabei, ich bat ihn, eine davon zu öffnen und sich meine Plattensammlung durchzusehen, während ich mich in der Zwischenzeit frisch machen und neues Makeup auflegen wollte.

Als ich nach getaner Arbeit aus dem Badezimmer wieder zurückkam, saß Heinz rauchend auf der Couch, zwei Gläser mit Wein gefüllt standen am Tisch, am Plattenteller drehte sich eine LP von Sade. Die Stehlampe in der Ecke des Raumes gab ein angenehmes, weichgelbes Licht.

Die Anwesenheit von Heinz machte mich ruhig. Ich war immer noch sehr traurig, aber nicht mehr hysterisch. Wir unterhielten uns über alte Geschichten. Seine Frau Jaqueline und sein Sohn Lukas waren wohlauf, er war rundum zufrieden mit seinem Leben, versicherte er mir, die Arbeiten an seinem Haus waren so gut wie abgeschlossen. Ich konnte sogar über alte Geschichten mit ihm lachen, in denen meist Roman als Protagonist vorkam. Und ich erzählte Heinz von der Geschichte mit meinem Bruder. Er hörte mir aufmerksam zu. Er ließ mich reden, unterbrach mich kein einziges Mal.

Ich mochte Heinz schon immer, er war ein unkomplizierter, lieber Mensch.

Die zweite Flasche Wein war bald geleert. Wir rauchten einen Joint zusammen. Das Haschisch machte mich komplett high und ich tat etwas, was ich unter normalen Umständen nie getan hätte. Ich verspürte den intensiven Drang nach körperlicher Nähe, ich wollte schmusen, ich wollte Liebe, ich wollte mit Heinz Zärtlichkeiten austauschen. Wir hatten Sex.

Heinz war für mich immer tabu gewesen.

Er sprach mich nicht nur sexuell nicht an, viel wichtiger war, ich hätte das niemals Jaqueline antun wollen, außerdem war er Romans bester Freund. Seit der Geschichte damals mit Sigi ist es für mich zu einer Art Ehrenkodex geworden, nicht mit Männern sexuell zu verkehren, die vergeben sind. Ich wollte mich mit den Frauen solidarisieren. Ich wollte nie wieder Frauen in den Rücken fallen und mich selbst für diese Art von Männern zu einer billigen Nummer machen.

Als Heinz am nächsten Morgen nach Hause fuhr, erwachte in mir der große Kater. Ich brachte ihn zur Eingangstür, wir verabschiedeten uns voneinander ohne Berührung und ohne Küsschen auf die Wange. Wir sagten lediglich Servus zueinander. Als ich hinter Heinz die Türe abschloss, machte sich mein Kreislauf gewaltig bemerkbar. Ich bekam Herzrasen, ich glaubte keine Luft mehr zu bekommen, mir wurde furchtbar schwindelig, ich spürte, dass ich mich übergeben musste und gleichzeitig begann mein Darm zu rebellieren. Ich tastete mich so behutsam wie nötig und dabei so schnell wie möglich auf die Toilette. Ich setzte mich auf die Muschel, schnappte mir den Aufwischeimer, der im Eck stand, und hielt in mir vor das Gesicht. Gerade noch rechtzeitig, bevor es hinten und vorne, fast gleichzeitig, wie Fontänen aus mir schoss.

Ich dachte mir, jetzt holt dich der Teufel. Ich erbrach in Etappen den gesamten Rotwein, den ich am Vorabend in mich hineingeschüttet hatte.

Ich blieb so lange sitzen, bis absolut nichts mehr in mir war, kein bisschen verdaute Nahrung von den letzten Tagen. Das Erbrochene bestand am Schluss nur mehr aus Gallenflüssigkeit.

Notdürftig wusch ich mir mein Gesicht mit eiskaltem Wasser und putzte mir die Zähne. Erst dann traute ich mich auf allen vieren wieder in mein Bett zu kriechen. Immer noch war mir übel und schwindelig. Nun begann ich heftig zu zittern, ich klapperte mit den Zähnen, mir war eiskalt und gleichzeitig glühten meine Wangen, kalte Schweißperlen bildeten sich auf meiner Stirn. Ich krümmte mich wie ein Embryo zusammen und fiel irgendwann in einen unruhigen Schlaf.

Als ich Stunden später wieder zu mir kam, hatte ich 38,7 C° Fieber. Zumindest hatten sich mein Körper und mein Geist beruhigt. Ich verließ nur kurz mein Bett, um eine ganze Flasche Mineralwasser zu leeren, danach legte ich mich wieder hin und deckte mich zusätzlich zu meiner Tuchent mit zwei Wolldecken zu, um das Fieber auszuschwitzen. Mein Körper hatte mir meine Grenzen aufgezeigt, die Ereignisse der letzten Wochen gingen mir durch Mark und Bein, jede Faser meines Körpers rebellierte und ich nahm mir vor, mir nie wieder so etwas anzutun. Nie wieder wollte ich so etwas durchmachen müssen. In diesem Moment war ich dankbar überlebt zu haben.

Am nächsten Morgen meldete ich mich in der Firma krank. Ich schwor mir, für lange Zeit keinen Alkohol mehr zu trinken und kein Haschisch zu rauchen. Ich nahm mir vor, auf meinen Körper und meinen Geist zu achten.

Als ich kein Fieber mehr hatte, begann ich als erstes mit fünf Körperübungen. Das regelmäßige Ausführen dieser Übungen versprachen neben der Harmonisierung von körperlichen und geistigen Abläufen auch Vitalität, Zufriedenheit und Lebensfreude. Genau das, was ich brauchte. Das *Buch der fünf Tibeter* hatte ich mir schon vor längerer Zeit besorgt. Nun war der richtige Zeitpunkt gekommen, diese Übungen in meinen Alltag einzubauen. Außerdem begann ich, mich mit dem Thema Trunksucht auseinanderzusetzen. Ich las sehr viele Berichte von Betroffenen und Expertenmeinungen dazu. Ich wollte Bescheid wissen, über diese schwere, chronische Krankheit.

Obwohl ich wusste, dass ich meinen Bruder in Ruhe lassen musste, war die Liebe, die ich für ihn empfand nicht weniger geworden. Diese Feststellung machte mich stark. Ich fühlte, dass Liebe bedingungslos ist. Ich war fähig zu lieben, ohne dafür Gegenliebe zu verlangen. Selbst wenn ich meinen Bruder oder meine Nichte nie wiedersehen würde, würde ich sie ewig lieben, denn sie waren in meinem Herzen fest verankert.

KAPITEL 34

Es war sechs Wochen her, seit ich mit Heinz geschlafen hatte, nun saß er wieder bei mir in der Küche. Dieses Mal kam er nicht zufällig vorbei, dieses Mal hatte er vorher angerufen und darum gebeten, kommen zu dürfen, da er mir etwas Wichtiges zu sagen hätte. Dieses Mal hatte er auch keinen Wein dabei. Heinz sah mir nicht in die Augen, als er mir sagte, dass er Aids hat und die Krankheit bei ihm bereits ausgebrochen war. Er erzählte mir, dass er sich bei einer verheirateten Freundin von ihm angesteckt hatte. Ich kannte sie vom Sehen. Sie und ihr Mann betrieben ein Antiquitätengeschäft in Sams. Aids war gerade ein großes Thema in der Gesellschaft gewesen. Vor kurzem war Freddy Mercury an den Folgen seiner Aidserkrankung verstorben.

Heinz meinte, dass ich einen Aidstest machen solle, dass es aber zwölf Wochen bei einer Infektion dauern würde, bis sich nachweislich Antikörper bildeten. Erst ab diesem Zeitpunkt sei ein Testergebnis korrekt.

Mein Fieber kam schlagartig zurück, mein Kopf wurde ganz heiß, ich bekam Ohrensausen. Mir war ganz schnell bewusst, hier geht es um mein Leben und um meinen Tod. Wenn ich Pech hatte, würde ich meinen 27. Geburtstag nicht erleben.

Tiefes Entsetzen und panische Angst machten sich in mir breit. Ich konnte das alles nicht glauben. Ich bemühte mich um Fassung, aber eigentlich konnte ich weder das gerade Gehörte fassen, noch konnte ich meine Gedanken in geordnete Bahnen lenken. Es war absurd, das durfte alles nicht wahr sein. Was ist das bloß für ein Horrortrip, bitte lieber Gott hilf mir. Aids, die

Seuche der Schwulen, Junkies und Perversen, wie sie die moralische Gesellschaft gerne bezeichnete. Und offensichtlich auch die Seuche der naiven Ahnungslosen. Heinz und Aids und ich jetzt vielleicht auch? Nie hätte ich Heinz so etwas zugetraut. Niemals.

„Wie hast du dich angesteckt, spritzt du Heroin?"

„Nein, ich habe mich beim normalen Verkehr mit Angie angesteckt, aber sie spritzt."

Ich versuchte verzweifelt, mich daran zu erinnern ob Heinz vielleicht doch ein Kondom benutzt hatte. Vielleicht hatte er ja das benützte Kondom am nächsten Tag mitgenommen? ... Was für ein Blödsinn! Heinz hatte ganz sicher kein Kondom benutzt. Hatten wir mit Zunge geküsst? Hatte ich damals irgendeine Verletzung, waren irgendwelche Blutspuren am Bettlaken?? Mir fiel nichts ein, nur verzweifelte Bildfetzen huschten durch meinen Kopf. Er saß mir gegenüber, aber ich wollte ihn nicht fragen. Jetzt erst sah er mir in die Augen und ich in seine.

Ich wollte sehen, ob man in seinem Gesicht, in seinen Augen erkennen konnte, dass er HIV-positiv war. Ich sah nichts, lehnte mich aber sicherheitshalber in meinem Stuhl zurück, ich hatte Angst, dass, wenn er sprach, sich ein Speicheltropfen löste und bei mir in den Augen- Nasen- oder Mundschleimhäuten landete.

Er sagte mir, dass Angie ihm damals nichts von ihrer Erkrankung erzählt hatte und bei ihr die Krankheit bereits soweit fortgeschritten sei, dass jederzeit mit ihrem Ableben zu rechnen war. Er sagte mir, dass er damals, als er mit mir geschlafen hatte, selbst nicht gewusst habe, dass er bereits infiziert war. Er erzählte mir, dass alle seine Freunde nun Bescheid wussten, es Jaqueline sehr schlecht ginge und Roman ihm, seit er von seiner Krankheit erfahren hatte, so gut wie nie von der Pelle rückte.

„Jaqueline", fuhr es mir durch den Kopf. Oh Gott, diese arme Frau und das arme Kind. Ich sagte Heinz, dass ich nun lieber allein sei. Er ging.

Meine Panikattacke klang ab. Ich wurde ruhig, das Surren in meinen Ohren hörte auf. Ich rührte mich nicht, auf meinem Stuhl am runden Küchentisch sitzend. Die Stille wurde nur hin und wieder vom leisen Brummen des Kühlschranks unterbrochen.

Ich war allein mit mir und meinen Gedanken an den Tod. Ich dachte mir, wenn ich HIV-positiv war und sterben müsse, würde jeder mitbekommen, dass Ich mit Heinz geschlafen hatte. Mein schändliches Verhalten würde für alle Welt sichtbar werden. Meine Mutter würde aus ihrer Haut fahren, sie würde sich laut beklagen, womit sie das alles verdient habe, andererseits habe sie immer schon gewusst, dass es mit mir einmal ein böses Ende nehmen würde. Wie würden die Menschen im Ort auf mich reagieren? Sie würden mit ihren Fingern auf mich zeigen, die alten Frauen würden scheinheilig sagen, nein, von Hanne hätte ich mir das nie gedacht. Aber am schlimmsten wäre für mich, wenn Jaqueline erfahren müsste, dass ich mit Heinz geschlafen hatte. Wenn sie zu ihrer tiefen Not, die Schmach erleiden müsste, dass ich als ihre ehemalige sehr gute Freundin ihr so in den Rücken gefallen war. Ich wusste, wie sehr sie Heinz liebte, ich wusste, dass er ihr Leben war. Ich begann einen inneren Monolog mit dem lieben Gott. Am nächsten Tag ging ich zum Hausarzt und machte einen Aidstest.

Die darauffolgenden Tage waren dadurch bestimmt, dass ich wie in Trance meinen Alltag lebte. Es schien alles irgendwie unrealistisch, nichts ergab wirklich Sinn. Ich lebte in einer Warteschleife, bis zu dem Tag, an dem ich erfahren würde, ob es für mich eine Zukunft gab oder nicht. Einmal war ich verzweifelt und kopflos, dann wieder versuchte ich, meinen wahrscheinlich nahen Tod nüchtern und sachlich zu bedenken. Welche Schritte würde ich setzen müssen, was galt es vor meinem Ableben zu regeln. Ich beobachtete mich genau, ob ich an mir irgendwelche Veränderungen entdeckte, gab es irgendwo einen ungewöhnlichen Hautfleck, war eine Verkühlung oder Fieber im Anmarsch, ich hatte riesige Angst davor sterben zu müssen.

Ich erzählte Roman, der mich hin und wieder besuchte, kein Wort davon. Ich hatte ihm seinen Fehltritt verziehen. Sein Vergehen war im Vergleich zu dem, was ich gemacht hatte, nun zu einer Lappalie verkommen. Roman wusste nicht, dass ich mit Heinz im Bett war und das sollte, solange ich nichts sagen musste, auch so bleiben. Ich war froh, nicht ständig allein sein zu müssen und Roman war froh, dass er sich bei mir ausreden konnte. Er berichtete mir regelmäßig, wie es um Heinz und seine kleine Familie stand.

Roman hatte sich verändert, er wirkte auf mich nicht mehr kindisch und unverantwortlich, er half seinem Freund Heinz, wo er nur konnte. Roman erzählte mir, dass es sehr ruhig auf der *Sappi-Ranch* geworden war. Es wurde nicht mehr gefeiert, es kamen keine Leute mehr spontan vorbei. Er erzählte mir, dass Heinz nun ständig krank war, dass er stark abgenommen hatte, sich sein Gesundheitszustand jeden Tag verschlechterte und Jaqueline begonnen hatte, sich Heroin zu spritzen.

Ihr kleiner Sohn war meist bei den Großeltern. Heinz und Jaqueline waren nicht mehr in der Lage, sich um ihn zu kümmern.

KAPITEL 35

Es war Donnerstagnachmittag, ich war schon von meiner Arbeit zu Hause, als ich den Anruf bekam. Mein Hausarzt war persönlich am Apparat. Er sagte zu mir, ich solle zu ihm in die Praxis kommen, das Testergebnis sei da.

Ich versuchte an seiner Sprechweise zu erraten, ob das Testergebnis positiv oder negativ war. Hatte seine Stimme etwas Besänftigendes, etwas Trauriges, machte er an entsprechender Stelle eine kurze Atempause? War seine Stimme an einer Stelle leiser oder lauter, sprach er etwas schneller, weil es ihm vielleicht unangenehm war, konnte ich Mitleid zwischen den Zeilen erkennen?

Ich konnte nichts raushören, mein Herz hämmerte viel zu laut. In diesem Moment fiel mir ein, dass meine Mutter früher öfter zu mir gesagt hatte, dass ich mich nicht so wichtig nehmen solle. Ich versuchte es nun und sagte mir, die Erde wird sich weiterdrehen, egal wie das Testergebnis ausfällt. Dieser Gedanke half keine Sekunde, um meine Panik im Zaum zu halten.

Ich schnappte mir meine Tasche, die stets mit den wichtigsten Utensilien bestückt war und eilte in die Arztpraxis, die nur fünf Gehminuten von meiner Wohnung entfernt lag, um der Realität ins Auge zu blicken.

Mein Aidstest war negativ. Vor wenigen Augenblicken noch war ich emotional am tiefsten Punkt angelangt und nun brach die Angst wie eine dicke Zementschicht von mir ab, ich glaubte, mich vor lauter Leichtigkeit in die Lüfte schrauben zu können. Sofort besprach ich mich in meinen Gedanken mit dem lieben

Gott. Ich sagte ihm, dass ich ihn über alles liebe und nun mein Versprechen einhalten würde. Genau ab jetzt werde ich ein guter Mensch, der beste Mensch auf der ganzen Welt wollte ich werden. Ich strahlte meinen Hausarzt an, es hatte nicht viel gefehlt, um mich über seinen Schreibtisch zu beugen und ihn zu küssen. Ich eilte aus der Arztpraxis hinaus, um das Licht zu sehen, den Wind zu spüren, um die ganze Welt zu umarmen.

Ich ging leichten Schrittes zu meinen Eltern nach Hause, ich hatte das dringende Bedürfnis über irgendwelche Belanglosigkeiten zu schwatzen. Meine Mutter war in der kleinen Kochnische mit der Zubereitung des Abendessens beschäftigt, als ich wie eine Zehnjährige drauflos plapperte. Ich schmückte die banalsten Geschichten aus, als seien sie Großereignisse. Natürlich erzählte ich kein Wort von dem, was mich wirklich bewegte.

Ich erzählte meiner Mutter, dass bei meiner Nachbarskatze, wenn sie die Holzstiege hinab ging, ihr Bauch an jeder einzelnen Stufe streifte, weil ihr Bauch viel zu dick war und ihre Beine dafür viel zu kurz. Ich amüsierte mich darüber, und auch meine Mutter musste über dieses Bild lachen. Meine Mutter musste den Eindruck gehabt haben, dass ich verrückt geworden sei, so wie ich strahlte. Ich erkundigte mich, wie es um Christoph und Nadine stand, obwohl es mich in diesem Augenblick nicht wirklich interessierte. Ich war überdreht, trunken vor Glück weiterleben zu dürfen.

Meine Mutter meinte, dass soweit alles gut sei, weil sie sich ja um das Kind kümmerte. Sie erzählte mir irgendwelche Geschichten aus der Nachbarschaft und von ihren streunenden Katzen. Ich hörte ihr nur halb zu, auf meiner Wolke Sieben.

Als ich meine Mutter verließ, hatte ich noch einige Einkäufe zu erledigen. Zuhause angekommen bereitete ich ein halbes Bio-Hühnchen und drei verschiedene Salate als Beilagen zu. Ich legte den soeben gekauften Sekt auf Eis, nahm ein Vollbad aus Milch mit Honig und gab einige Tropfen Rosenöl ins Wasser. Ich fühlte mich wie eine Göttin in der Badewanne, sog die ätherischen Düfte in mich auf, genoss mit all meinen Sinnen den wunderbaren Moment.

Nach dem wohltuenden Bad zog ich mir meine schönste Unterwäsche an, dazu halterlose Strümpfe, streifte mein körperbetontes, kleines Schwarzes über und schlüpfte in meine teuren schwarzen High Heels, die perfekt zum Rest meiner Wäsche passten. Ich steckte mir die Haare hoch, erneuerte mein Make-up, und so sorgfältig wie ich mich zurecht machte, schmückte ich auch den Tisch mit schönem Geschirr, polierte das Besteck und das Sektglas, legte Stoffservietten auf und stellte die Vase mit dem frisch besorgten Blumenstrauß auf den Tisch. Ich dimmte das Licht und legte als leise Hintergrundmusik eine LP von US 3 auf.

Ich ließ mir dieses Abendessen auf der Zunge zergehen, ich sog alles genüsslich in mich auf und ich war nicht allein. Ich feierte in Gesellschaft des lieben Gottes. Ich besprach mich mit ihm, wie ich meine Zukunft gestalten wollte.

Als erstes würde ich die Pille absetzen. Wenn ich jemals wieder Sex machen würde, dann nur mehr mit Kondom. Ich nahm mir vor, mich mit niemanden mehr aus der *Samser Szene* zu treffen. Ich war auf Sigi reingefallen, bei Heinz ging es gleich um Leben und Tod. Ich legte keinen Wert darauf, noch jemanden aus diesen Kreisen näher kennen zu lernen. Mein Bedarf an grenzgängerischen Erfahrungen war mehr als gedeckt.

An meiner beruflichen Situation musste ich auch unbedingt etwas ändern. Ich konnte diesen Job nicht mehr weiter machen. Jeden Tag von morgens bis abends elektronische Printplatten mit winzigen Elektrobauteilen bestücken, das ging einfach nicht mehr.

Die Gefahr an chronischer Unterforderung zu sterben, würde zu groß werden. Gleich am nächsten Tag wollte ich die Ärmel aufkrempeln und aktiv meine Zukunft gestalten. Ich würde mir Zeitungen kaufen und die Stellenangebote durcharbeiten.

KAPITEL 36

Heinz starb an den Folgen seiner Aidserkrankung, und so unfassbar traurig dieses Ereignis war, die Erde drehte sich unaufhörlich weiter und ich war heilfroh mit dem Leben davongekommen zu sein.

Ich fand eine neue Anstellung in einer Getriebebaufirma in Sams. Ich begann als einzige Frau in einem Betrieb mit 400 Mitarbeitern, im Bereich der Endkontrolle, zu arbeiten. Ich musste die Maßgenauigkeiten von einzelnen Getriebeteilen, die im Werk produziert wurden, anhand von technischen Zeichnungen überprüfen. Ich trug Sicherheitsschuhe mit Stahlkappen und eine blaue Arbeitskluft, meine langen Haare zu einem Pferdeschwanz gebunden.

Obwohl manche Teile so groß und schwer waren, dass ich sie nur mit Hilfe eines Arbeitskranes von den Holzpaletten zur Messspanneinrichtung transportieren konnte, bewegten sich die Toleranzgrenzen an den Passungsstellen im Tausendstelmillimeter Bereich.

In unserer Abteilung wurden die Getriebeteile ein letztes Mal überprüft, bevor sie das Werk verließen und in die ganze Welt verschickt wurden, um in Schiffen oder Flugzeugen eingebaut zu werden.

Ich verdiente gleich zu Beginn um ein Drittel mehr als in meiner letzten Anstellung und so wie meine männlichen Kollegen hatte ich die gleiche Möglichkeit, mich durch eigenes Engagement finanziell weiter zu entwickeln. Die kleine Mannschaft in der Endkontrollabteilung bestand aus einem Vorarbeiter, drei männlichen Facharbeitern und mir. Unser Big Boss war Dr. Ortlieb, der Qualitätssicherheitschef. Ich kam mit meinen Kollegen sehr gut zurecht, sie waren hilfsbereit und respektvoll. Ich hatte nicht die geringsten Probleme, mich in das Team einzufügen.

Es ergab sich, dass ich als einzige unserer Abteilung in den Pausen das Büro des Qualitätssicherheitschefs aufsuchte. Sein Büro war in einem eigenen Gebäudekomplex untergebracht. Seine Sekretärin, Frau Müller hielt immer mit Butter bestrichenes Salzgebäck bereit. Mein Chef, zwei weitere technische männliche Angestellte aus den Nebenbüros, Frau Müller und ich nutzten die Pausen, um Dartpfeile in die an der Büromauer angebrachte Zielscheibe zu versenken. Ich mochte meinen Chef von der ersten Minute weg. Er gab mir von Anfang an zu verstehen, dass er immer hinter mir stehen würde und das, obwohl er mich noch gar nicht kannte. Umgekehrt wollte ich mein Bestes geben, um ihn nicht zu enttäuschen.

Im Betrieb herrschten unterschwellige Spannungen. Ich beteiligte mich nicht am internen Kleinkrieg, Arbeiter gegen Angestellte. Die Arbeiter redeten untereinander schlecht über die Ingenieure, von denen sie die technischen Arbeitsaufträge für Getriebeteile erhielten. Die meisten Arbeiter waren alte Hasen, sie verstanden ihr Handwerk. Es schmeckte ihnen nicht, dass sie den Anweisungen, der zum Teil sehr jungen Ingenieure, folgen mussten. Mich interessierte der Klassenkampf alt gegen jung, Erfahrung versus Schulwissen, Arbeitskluft gegen Hemd und Krawatte, nicht. Als junge Frau in Schlosserkleidung hatte ich meine ganz eigene Stellung. Manchmal kam ich mir komisch vor, nämlich dann, wenn ausländische Delegationen unsere Produktionshalle besichtigten und vor unserem kleinen Glaskomplex mitten in der Halle Halt machten. Der Exkursionsleiter erzählte ihnen irgendetwas, sah zu mir herüber, sodass ich das Gefühl hatte, dass er über mich sprach. Er lächelte mich dabei an, und die anderen der Gruppe stierten ebenfalls zu mir rüber. Ich fühlte mich peinlich berührt und spürte wie sich meine Wangen röteten. Ich lächelte verlegen in Richtung der Beobachter, um danach wieder rasch mit meinen Vermessungsarbeiten weiterzumachen.

Mir gefiel meine neue Tätigkeit, sie forderte mich. Durch die neue Aufgabe wurde wieder mein Ehrgeiz geweckt. Privatleben hatte ich zur Zeit keines, wollte ich auch nicht.

Ich wollte beruflich weiterkommen und meldete mich für den nächsten Lehrgang zum Werkmeister für Maschinenbau an. Nach Abschluss dieser Ausbildung würde ich mindestens zwei Stufen in der Gehaltsleiter nach oben steigen, das war allerdings nicht der alleinige Motivationsgrund. Vielmehr war es die Sehnsucht nach der Schulbank, nach Klassengemeinschaft, danach etwas lernen zu dürfen. Die Ausbildung würde vier Semester dauern, der Unterricht drei Mal wöchentlich, abends stattfinden.

KAPITEL 37

In der ersten Unterrichtseinheit stand Mathematik am Stundenplan. Die Klasse war bereits gefüllt, als ich den Raum betrat. Der Lehrer saß mit einer Pobacke auf dem Katheder und blickte zu mir herüber. Die jungen Männer starrten mich ebenfalls an, als der Lehrer im jovialen Tonfall zu mir meinte: „Der Lehrgang für Buchhaltung ist eine Klasse weiter." Die ganze Klasse brüllte. Ich setzte mich in die einzige, noch leere Bank, direkt vor dem Katheder. Ich schaute dem Lehrer unverhohlen in die Augen, ohne dabei mit der Wimper zu zucken. Die Klassenkameraden beruhigten sich und somit konnte der Unterricht beginnen. Ich hatte den Vortragenden und die Tafel in meinem Blickfeld, mir konnte nichts Wichtiges entgehen.

In den nächsten zwei Jahren sollte angewandte Mathematik, angewandte Physik, Elektrotechnik, mechanische Technologie sowie Mitarbeiterführung und Mitarbeiterausbildung unterrichtet werden. Bis zur Abschlussprüfung sollten wir fähig sein, ein Getriebe zu konstruieren.

Ich war aufmerksam und machte meine Hausaufgaben. Sehr bald gehörte ich zu den Besten in meiner Klasse. Ich war wieder in meiner Komfortzone und es bildete sich wie damals in der Berufsschulzeit eine gute Klassengemeinschaft, mit der Ausnahme, dass ich dieses Mal das einzige Mädchen war. Ich verstand mich sehr gut mit den jungen Männern, die meisten meiner Schulkollegen suchten meine Nähe. Auch der Mathematiklehrer änderte sehr rasch sein Verhalten mir gegenüber, gehörte ich doch zu den wenigen, die ausnahmslos alle seiner gestellten Aufgaben richtig lösen konnten.

KAPITEL 38

Die Geschäftsleitung hatte sich vorgenommen, das ISO 2000 Zertifikat für unseren Betrieb zu erwerben. Dafür mussten im gesamten Unternehmen, neue Maßnahmen und Methoden gesetzt werden, um die bestmögliche Unterstützung von Geschäftsprozessen durch die IT-Organisation zu erreichen. Das ISO/IEC 20000 IT Service-Management diente als messbarer Qualitätsstandard.

In meinem unmittelbaren Bereich hieß das, dass eine neue Stelle, eine Prüfmittelüberwachungsstelle geschaffen wurde. Die Aufgabe bestand darin, sämtliche im Werk befindlichen Messgeräte, angefangen von einfachen Schiebelehren bis hin zu hochkomplizierten Verzahnungsmessgeräten zu erfassen und zu registrieren, regelmäßig auf Funktionalität zu überprüfen, gegebenenfalls zu reparieren und zu eichen, sowie im Bedarfsfall, die Beschaffung neuer Mess- und Prüfmittel. Zu diesem Zweck wurde auch ein neuer Posten kreiert, ein sogenanntes Prüfmittelüberwachungsorgan. Einige junge Kollegen aus dem Fertigungsbereich bewarben sich für diese Stelle. Der Qualitätssicherheitchef entschied, dass ich die neue Aufgabe übernehmen sollte.

Ich bekam eine eigene Abteilung, die im Anschluss an den Glaskomplex der Endkontrollstelle gebaut wurde.

Mein kleines Büro wurde mit sensiblen Eichgeräten und einem Paternoster in dem verschiedene Messwerkzeuge gelagert wurden, ausgestattet. Ich bekam viele technische Anleitungen, Tabellen und Richtlinien, nach deren Maßgabe ich meine Arbeit zu verrichten hatte. Mein Arbeitsraum war staubfrei, die Temperatur durfte 18°Celsius nicht überschreiten.

Meine erste Aufgabe war es, dass ich zu sämtlichen Arbeitsplätzen in der Produktionshalle ging, mir von den Arbeitern jedes Messwerkzeug aushändigen ließ. Ich reinigte, überprüfte, führte kleinere Reparaturarbeiten an den Messinstrumenten durch. Wenn eine Reparatur nicht mehr sinnvoll war, erhielt der Arbeiter ein neuwertiges Messgerät. Ich versah jedes Messinstrument mit einer Prüfplakette, an der jedermann ablesen konnte, wann die nächste Überprüfung fällig war. Je kleiner der Messbereich, umso häufiger musste eine Überprüfung stattfinden.

Diese Neuerung im Betrieb wurde nicht von allen kritiklos hingenommen. Manche misstrauten mir, der „kleinen Frau", die sich in ihren Augen bloß wichtigmachte. Die ihnen ihre liebgewordenen Messwerkzeuge für immer wegzunehmen drohte, zu denen sie schon seit vielen Jahren eine Art innige Beziehung aufgebaut hatten, egal ob das Messwerkzeug bereits Rost angesetzt hatte und schon lange nicht mehr für Präzisionsmessungen tauglich war.

Sie hatten Angst vor Neuerungen, sie konnten oder wollten, zumindest anfangs, keinen Sinn in meiner Tätigkeit erkennen.

Andere wiederum hatten ein Problem, dass ausgerechnet ich diesen Job bekommen hatte. Ein junger Kollege, der Sohn des Gewerkschaftsleiters, fragte mich, welche zusätzlichen Dienste ich bei meinem Vorgesetzten geleistet hätte, um diese Stelle zu bekommen. Ich ignorierte die Aussage des neidigen Dummkopfes. Der Großteil der Belegschaft behandelte mich respektvoll.

Facharbeiter, die an den Bohrwerken riesige Getriebeteile zu fertigen hatten, konnten ihre Messungen nicht mit Standardmesswerkzeugen durchführen. Sie kamen mit ihren Arbeitsplänen zu mir und ich stellte die jeweils geeigneten Messwerkzeuge für sie zusammen.

Manche Arbeiter kamen täglich, zur selben Zeit, bei mir vorbei. Es ergaben sich kleine Rituale. Einer brachte mir jeden Tag einen Apfel und drei Walnüsse, ein anderer versorgte mich täglich mit dem neuesten Firmentratsch, während ich die Messgeräte für ihn einstellte.

Mein Chef Dr. Ortlieb war mit meiner Leistung sehr zufrieden. Ich bekam meine erste Gehaltserhöhung.

KAPITEL 39

Es war Freitagabend, wir hatten die letzte Arbeit in angewandter Mathematik zu schreiben. Ich war gut vorbereitet, allerdings war mittlerweile viel Lernstoff zusammengekommen, die gestellten Aufgaben würden sehr komplex sein. Dennoch wollte ich die letzte Arbeit, so wie die vorigen drei schriftlichen Prüfungen in diesem Semester ebenfalls, mit einem Sehr Gut abschließen.

Ich vereinbarte mit Oliver, der ebenso wie ich, ein Einserkandidat war, dass wir uns die Ergebnisse der einzelnen Aufgaben auf ein separates Blatt Papier notierten, damit wir unsere Endresultate nach getaner Arbeit vergleichen konnten.

Nach Unterrichtsende gingen Oliver, ein paar andere Kollegen und ich ins *Harlekin*, ein kleines Pub, nur wenige Meter von der Schule entfernt. Wir verglichen unsere Resultate und so wie es aussah, würden wir auch für diese Arbeit 100 von möglichen 100 Punkten bekommen.

Es fühlte sich gut an, die ganze Woche über hatte ich viel gearbeitet und gelernt und nun stand ein freies Wochenende vor der Tür, an dem ich genau gar nichts zu tun hatte.

Ich unterhielt mich mit einigen meiner Schulkollegen über private Themen und musste feststellen, dass sie für ihr Alter durchaus, keiner war älter als 22, sehr pflichtbewusst, anständig und ehrgeizig waren. Fast ein wenig langweilig und zu ernsthaft für meinen Geschmack, aber das kümmerte mich nicht weiter, auch wenn ich an diesem Abend in Stimmung war, ausgelassen zu feiern.

Ich unterhielt mich noch mit Oliver, aber auch er erwies sich nicht gerade als spannender Gesprächspartner. Er erzählte mir langweilige Geschichten von seiner liebe Frau und seinen beiden kleinen Kindern. Er redete über Ausflüge, die sie gemeinsam unternahmen und welche Fortschritte die Kleinen in ihrer Entwicklung machten. Er erzählte enthusiastisch, er war offensichtlich sehr stolz auf seine Familie, und ich versuchte freundlicherweise aufmerksam zu wirken.

Jedoch ermüdeten mich seine Erzählungen sehr und war deshalb froh darüber, als Oliver meinte, dass es für ihn an der Zeit war nach Hause zu fahren, da er am nächsten Tag früh raus müsse, um irgendwelche Dinge zu erledigen und wenn ich wollte, könnte er mich zuvor heimbringen.

Wir gingen die paar Meter zum Schulgebäude zurück, wo er sein Auto geparkt hatte und fuhren in die Richtung meiner Wohnung.

Nur brachte Oliver mich nicht nach Hause. Er fuhr mit mir zum Parkplatz des örtlichen Fußballvereins, bei dem er als Stürmer in der Kampfmannschaft spielte und fiel in seinem Wagen über mich her. Wir kämpften miteinander. Ich drückte ihn mit aller Kraft von mir weg, schnappte mir meine Tasche, riss die Autotür auf und rannte weg.

Er verfolgte mich nicht, er fuhr in die andere Richtung davon.

Es war mir nichts passiert, abgesehen davon, dass ich bitter enttäuscht war. Ich trug an diesem Abend einen langen, schwarzen, noch dazu weiten Rock und dazu passend, eine schwarze, ebenfalls weite Tunika. Von meiner Seite aus wurden ganz sicher keine Signale gesendet. Auch von Olivers Seite konnte ich nicht die geringsten Andeutungen eines Flirts erkennen, redete er doch die ganze Zeit über seine Frau, wie sehr er sie und seine Kinder liebe.

Stinksauer ging ich zu einem Taxistand und ließ mich nach Hause fahren. Busse fuhren um diese Zeit nicht mehr.

Das ganze Wochenende über war ich übel gelaunt und ich nahm die schlechte Laune mit in die neue Arbeitswoche und irgendwie schien sich die Negativität auf mein Umfeld auszubreiten. Der nette Herr Ofner brachte mir am Montagmorgen nicht nur wie üblich einen Apfel und drei Walnüsse.

Der nette Herr Ofner hielt mir auch ein Foto aus dem Österreichischen Kontaktmagazin unter die Nase. Auf einem Bild war zu sehen wie eine Frau einen Mann oral befriedigte. Der nette Herr Ofner fragte mich: „Hanne, was hältst du davon?" „Nichts", mehr fiel mir spontan nicht dazu ein. Sofort verschwand der nette Herr Ofner. Es brodelte in mir, ich bekam eine Riesenwut auf alle Männer.

Offenbar wurde meine unbeschwerte, offene Art, meine unbekümmerte Herzlichkeit von einigen Kollegen missinterpretiert. Vielleicht dachten einige Herren, dass ich etwas von ihnen wollte oder waren sie einfach nur unglaublich respektlos? Ich würde mein Verhalten ändern müssen, das wurde mir klar. Aber wie? Sollte ich jetzt, wegen dieser Idioten zu einer Furie mutieren, nur damit auch die Dümmsten unter ihnen kapieren konnten, dass ich keinen Sex mit ihnen haben wollte? Was für ein dämliches Volk diese Männer doch sind, dachte ich bei mir.

Ich kam zu dem Schluss, dass ich mich nicht unterkriegen lassen würde, ich wollte mich jetzt auch nicht krampfhaft verbiegen, ich nahm mir vor, distanzierter aufzutreten, den Fokus ganz auf meine Arbeit gerichtet, denn ich mochte meinen Job. Ich beschloss, mich von kleingeistigen Menschen nicht verunsichern zu lassen, ich würde meine Ziele unbeirrt weiterverfolgen und notfalls wie eine Löwin kämpfen.

Als Herr Ofner am nächsten Tag zur gewohnten Zeit mit seinem Auftragsplan zu mir kam, sagte ich ihm, dass er in Zukunft seine Äpfel und Nüsse stecken lassen kann.

Ab nun hatte ich kein Lächeln und kein freundliches Wort mehr für ihn übrig.

Sehr viel schwieriger wurde für mich die Situation in der Schule. Ich hatte nicht damit gerechnet, dass Oliver die Geschichte den Schulkameraden erzählen würde und vor allem musste er diesen Vorfall sehr zu meinen Ungunsten geschildert haben. Jedenfalls änderte sich das Verhältnis zu meinen Schulkollegen gewaltig. Ich wurde nicht mehr gegrüßt, keiner sah mir mehr ins Gesicht. Jeder machte einen weiten Bogen um mich. Alle scharrten sich um Oliver. Ich konnte mich nicht verteidigen, da mich niemand anklagte. Es gab keine hämischen Sprüche, nur eiskalte Distanz. Ich wurde separiert, in die Ecke gedrängt. Die Stimmung im Unterricht wog für mich tonnenschwer. Ich war verängstigt und unsicher.

Unserem Klassenvorstand, Herrn Pichler entging diese feindselige Gesinnung mir gegenüber nicht. Herr Pichler war ein blitzgescheiter, humorvoller Mensch. Er arbeitete als Flugzeugingenieur, das Unterrichten machte er rein zu seinem Freizeitvergnügen. Er hatte eine große rötliche, fast bläuliche Knollennase, er sah ein wenig aus wie Einstein. Und Herr Pichler stand mir bei.

Während des Unterrichts schien es, als würde er nur für mich vortragen. Er hielt immer mit mir Augenkontakt, stellte ausschließlich mir Fragen und schien auch nur mir Antworten zu geben. Das was die Burschen mit mir machten, das selbe Spielchen trieb er mit ihnen.

Er ignorierte sie eiskalt. Herr Pichler zog sein Verhalten bis zum Ende der Ausbildung durch. Ich glaube, wenn mir Herr Pichler nicht so beigestanden wäre, hätte ich es nicht geschafft, diese Ausbildung zu Ende zu bringen. Dank seiner Rückenstärkung schaffte ich die vier Semester. Als einzige in der Klasse erarbeitete ich mir in jedem Fach ein Sehr Gut.

KAPITEL 40

Nach Abschluss der Ausbildung stieg ich um weitere zwei Stufen auf der Gehaltsleiter nach oben und ich übersiedelte nach Sams.

Mein Vorgesetzter, Herr Dr. Ortlieb übersiedelte mit seiner Familie von seiner Eigentumswohnung in ein neugebautes Einfamilienhaus. Er bot mir an, seine Wohnung zu mieten, was ich liebend gerne annahm. Ich konnte sie mir leisten. Die 77 m² große Wohnung war im fünften und letzten Stock eines Mehrparteienhauses und bot mir eine herrliche Aussicht. Vom Schlafzimmer aus sah ich direkt in den Schlosspark des angrenzenden Schlosses Samsegg. Die Wohnung war hell und ruhig und lag nur zehn Gehminuten von meiner Arbeitsstelle entfernt.

Ich mochte meine Arbeit nach wie vor, das Arbeitsklima hatte sich wieder beruhigt. Mit der Zeit wusste ich einzelne Kollegen besser einzuschätzen.

Ich wusste gewisse Gesten besser zu deuten, ich verlor sukzessive meine Blauäugigkeit. Ich erkannte, dass es einige Mitarbeiter gab, die nur darauf warteten, dass ich Fehler machte, selbst wenn sie sich mir gegenüber äußerst freundlich zeigten. Ich war auf der Hut, ich arbeitete konzentriert. Die meisten Kollegen hielt ich mir auf Distanz, ein paar wenige ließ ich näher an mich heran. Auch die schlimme Geschichte mit Oliver belastete mich immer weniger. Ich hatte sie gut verarbeitet, sie konnte meinen Hunger nach Wissen nicht stoppen und so meldete ich mich für die nächste Abendlehrveranstaltung an. Ich wollte mich zur Umwelttechnikerin ausbilden lassen und dafür die nächsten vier Jahre, drei Mal die Woche abends, die Fachakademie für Umweltschutz besuchen. Ich interessierte mich schon immer für Umweltbelange, nun war der richtige Zeitpunkt gekommen, mir in diesem Bereich Fachwissen anzueignen. Außerdem wurde im Zuge der ISO 2000 Zertifizierung unseres Betriebes der Posten eines Umweltbeauftragten kreiert. Vielleicht würde ich mich in ein paar Jahren für diese Stelle bewerben.

KAPITEL 41

Beruflich war ich zufrieden, aber ich brauchte einen Ausgleich zu meinem pflichtbewussten und strebsamen Alltag. Ich wollte mich wieder amüsieren, Feste feiern. Nicht in Sams oder Fonsdorf. Ich fuhr in die fünfzehn Kilometer entfernte Großstadt Fils. Dort kannte ich niemanden, ich wollte mir einen neuen Freundeskreis aufbauen.

Ich machte mich auf die Suche nach einem möglichen Stammlokal und fand die *NahBar*, ein kleine, feine Bar. Das Interieur war ganz nach meinem Geschmack. Das Mauergewölbe des Lokals wurde von runden Säulen getragen. Der Raum war mit schwarzlackierten Holztischen und Stühlen ausgestattet und bot Platz für zwei gemütliche Sitznischen. Den Mittelpunkt des Raumes bildete eine lange Bar, im Hintergrund war ein großer Wandspiegel angebracht, so dass man sich selbst beim Betrinken oder Flirten zusehen konnte, nahm man an einem der Barhocker Platz.

Der Chef der Bar war Stephen, ein durchtrainierter, schlaksiger Mann Mitte Dreißig, mit einer blonden Seitenscheitelfrisur, tiefblauen Augen und einem Lächeln wie aus der Zahnpasta-Werbung. Tagsüber arbeitete er als Tennislehrer, abends kümmerte er sich aufmerksam und professionell um seine Lokalgäste.

Er schmiss den Laden ganz allein und machte nebenbei noch den Discjockey. Mädchen jeder Kategorie und Altersgruppe liebten Stephen. Auch mich hatte er bald mit seinem Charme und seinem tollen Aussehen um den Finger gewickelt. Stephen gab mir das Gefühl, dass er auf mich aufpasse. Er verstand es, eine gediegene Atmosphäre in seinem Lokal zu schaffen. Er legte

Funk, Soul und Jazzmusik auf, die düstere Beleuchtung ließ eine gewisse Intimität unter den Lokalbesuchern entstehen. Selbst wenn man sich nicht kannte, hatte man das Gefühl unter seinesgleichen zu sein. Die Barbesucher waren meist Intellektuelle, Selbstständige, Leute aus der besseren Gesellschaft. Ich konnte als Frau, ohne Begleitung bedenkenlos in dieses Lokal gehen. Es bestand keine Gefahr, dass ich von jemanden blöd angemacht worden wäre. Stephen hatte den Überblick. Wenn jemand sein Lokal besuchen wollte, der offensichtlich betrunken war oder den Eindruck machte, dass es zu Schwierigkeiten kommen könnte, bediente Stephen nicht. Er verwies diese Personen ruhig aber bestimmt vor die Tür, ohne dass seine Gäste groß etwas mitbekamen. Ich hatte von Anfang an nie ein ungutes Gefühl oder kam mir deplatziert vor. Es dauerte auch nicht lange bis sich lose Freundschaften zwischen mir und einigen Stammgästen bildeten.

KAPITEL 42

Es war ein schöner, warmer Samstagspätnachmittag, Mitte Juni. Ich trug ein neues, teures, hautenges Sommerkleidchen in der Farbe schokobraun mit dezentem Blumenprint, zum ersten Mal. Ich fühlte mich sexy darin, ich war bereit, mich zu amüsieren. Ich war auf der Geburtstagsfeier von Herrn Satzer. Mein ehemaliger Vorarbeiter aus der Endkontrollabteilung feierte seinen fünfzigsten Geburtstag und zu gegebenem Anlass drehten sich zwei Spanferkel, mittels Elektromotors stundenlang auf dem Holzkohlengrill, dazu wurden die Gäste aus zwei, in seinem Garten platzierten Lautsprechern mit Volksmusik beschallt.

Den Partygästen schien es zu gefallen. Sie standen in Gruppen im kleinen Vorgarten des Reihenhäuschens zusammen. Jeder hatte ein alkoholisches Getränk in der Hand und alle unterhielten sich angeregt.

Herr Satzer war ein netter Mann, er hatte eine nette Frau und zwei nette Kinder. Auch seine Gäste: Freunde, Verwandte, Nachbarn und Kollegen aus seinem Bowlingverein schienen nette Menschen zu sein. Und ich begann rasch, mich zu Tode zu langweilen. Ich versuchte meine Vorstellung, die Gäste als *Deixfiguren* zu sehen, zu unterdrücken.

Es gelang mir nur nicht. Je mehr ich mich bemühte, diese Sichtweise wieder zu verdrängen umso klarer sah ich die Charaktere der Gäste und die Szenen, die sich abspielten, mit den Augen des Künstlers.

Ich mischte mich unter die Gäste, unterhielt mich mit gespielter Freundlichkeit über Belanglosigkeiten, trank einige Gläser

Prosecco, aß nichts vom Fleisch der Spanferkelchen, und gehörte zu jenen Gästen, die die Party als erste verließen.

Es war erst einundzwanzig Uhr, ich wollte und konnte noch nicht nach Hause, vielleicht würde ich in der *NahBar* Spaß haben, so hoffte ich, und fuhr, obwohl ich schon etwas zu viel Alkohol getrunken hatte, mit dem Auto nach Fils.

Als ich das Lokal betrat, war schon jede Menge los. Ich ergatterte gerade noch einen freien Hocker an der Stirnseite der Bar.

Endlich gute Musik, dachte ich mir und sog die angenehme Atmosphäre des Clubs in mich auf. Ich beobachtete Stephen, wie er eine Zitrone in Scheiben schnitt und sich dabei mit einem weiblichen Gast, die sich zu ihm über die Bar lehnte, unterhielt. Er sah zu mir rüber, legte das Messer zur Seite und wischte sich seine Hände in einem Geschirrtuch ab.

Er küsste mich links und rechts auf die Wange und fragte mich, ob bei mir alles o.k. sei. „Ja, danke, jetzt schon".

Ich zwinkerte mit den Augen und bestellte mir einen Martini Dry, ohne dabei nachgedacht zu haben. Ich trank nie Martini, aber wahrscheinlich entschied sich mein Unterbewusstsein spontan für diesen Cocktail, um den Kulturschock, den ich am Nachmittag erleiden musste, wieder wett zu machen.

Stephen brachte mir mein Getränk. Ich ergriff das Stäbchen mit der Olive und spielte damit rum. Ein sehr attraktiver, gepflegter Mann mit Dreitagesbart kam auf mich zu, betrachtete mich von oben bis unten und meinte: „Ich wusste gar nicht, dass mein Kleid so sensationell aussieht." Im ersten Moment verstand ich nur Bahnhof, zu sehr war ich von seinem Auftritt und seinem Duft geflasht. Ich blickte dem Mann direkt in die Augen, sein Gesicht war jetzt ganz nah an meinem. Ich hatte ihn noch nie zuvor in der Bar gesehen, dessen war ich mir sicher.

„Darf ich mich zu dir gesellen?"

„Sehr gerne", gab ich zurück. Er gab Stephen ein Zeichen mit der Hand und bestellte bei ihm ebenfalls einen Martini Dry. Er bekam sein Getränk und wir stießen an. „Mein Name ist Mario Gallo und du trägst ein Kleid aus einer meiner Boutiquen. Du siehst sensationell darin aus, Salute!" Ich erhob mein Glas und mehr als ein „Salute", brachte ich nicht heraus. Mario begann zu erzählen, dass er ursprünglich aus Italien komme und seine Familie ein großes Weingut in der Toskana habe.

Er hatte sich aber, anstatt in das Familienunternehmen einzusteigen, dazu entschlossen, in der Modebranche tätig zu sein. Mittlerweile gehörten ihm einige Boutiquen in der Schweiz, Österreich und Deutschland. Leben würde er hauptsächlich in Österreich, er habe unter anderen ein Haus etwas außerhalb von Fonsdorf.

Mario erzählte mir einige amüsante Geschichten. Seine Anekdoten waren mit Witz und Selbstironie gespickt.

Ich drehte meinen Barhocker zur Seite, so dass ich mich mit dem Rücken an die Wand lehnen konnte. Mario stand frontal zu mir. Ich ließ mich auf ihn ein, und obwohl Mario in einer ganz anderen Welt zu Hause war, fühlte ich mich ihm vertraut. Wir sahen uns ständig tief in die Augen und strahlten um die Wette. Wir schafften es mühelos, uns bis zur Sperrstunde angeregt zu unterhalten und es war klar, dass wir auch um drei Uhr morgens nicht auseinander gehen wollten.

Ich ließ mein Auto stehen und fuhr mit Mario in seinem Wagen zu ihm nach Hause. Wir glitten in seinem Luxusschlitten sanft durch die Gegend, auf den Straßen war nichts los. In seinem Auto roch es nach ihm, unaufdringlich und betörend zugleich. Ich war leicht beschwipst, fühlte mich wohl in meiner Haut, freute mich darauf, was noch kommen würde.

Sein Haus stand inmitten von Feldern, in der Ferne konnte ich schemenhaft kleinere Waldstücke ausmachen.

Sein großes Haus war im toskanischen Stil erbaut. Der Eingangsbereich glich dem Foyer eines Hotels. Die Decke war mindestens drei Meter hoch, der gesamte Eingangsbereich war mit Steinfliesen in Marmoroptik ausgelegt, wie auch die breite Treppe mit ihrem geschwungenem Schmiedeeisengeländer, die in den ersten Stock führte.

Es war angenehm kühl in seinem Haus. Mario zeigte mir einige Räume, bevor wir uns in seiner Küche niederließen. Die Zimmer hatten allesamt große Glasfronten, die Fußbodenholzdielen waren im Fischgrätmuster verlegt. Große Teppiche waren perfekt platziert und zu den noblen Einrichtungsgegenständen passend ausgewählt. Vorhänge aus schweren, edlen Stoffen komplettierten das geschmackvoll eingerichtete Interieur. Irgendwo stand ein Klavierflügel.

In der Küche ließ ich mich auf einen Stuhl nieder und beobachtete Mario dabei, wie er leise Musik machte und uns zwei Gin Tonic mixte. Ich beobachtete seine schönen Gesichtszüge beim Sprechen. Ich sah den schönen Körper, der sich unter seiner sportlich-eleganten Kleidung abzeichnete.

Er gab mir mein Getränk, wir stießen an, wir machten einen kleinen Schluck, Mario gab mir einen sanften Kuss, den ich zaghaft erwiderte.

Wortlos stand ich auf und benutzte sein Badezimmer.

Ich lag bereits in seinem mit champagnerfarbener Satinbettwäsche bezogenem Bett, als Mario schließlich im Schlafzimmer erschien. Er trug nichts außer dunkelblauen Seidenshorts, sein schwarzes, glänzend feuchtes Haar war gleichmäßig nach hinten gekämmt. Seine dunklen Augen fixierten mich, jede Freundlichkeit war aus ihnen gewichen. Gierig sah er mich an, er kam zu mir unter die Decke. Ich nahm ihn ganz in mich auf. Ich badete im Rausch der Sinne bis zur totalen Erschöpfung.

Es war um die Mittagszeit, als mir ein unerträgliches Hitzegefühl die Augen öffnete. Es musste über 30°C im Raum haben, zudem empfand ich das Vogelgezwitscher, das von draußen kam als hysterisches Geschrei. Das gnadenlos grelle Sonnenlicht katapultierte mich endgültig in die Realität zurück. Mein erster Gedanke, der mir durch den Kopf ging, war ebenfalls ernüchternd – wir hatten kein Kondom benutzt. Schnell wischte ich den Gedanken wieder beiseite, ich konnte mir beim besten Willen nicht vorstellen, dass ein Mann wie Mario HIV-positiv sein könnte.

Er stand bereits in der Küche, als ich mich aus dem Bett wuchtete. Er fragte mich, wie ich meinen Kaffee und die Eier zum Frühstück haben wollte.

Ich war völlig durch den Wind. Mein Kreislauf drohte wieder einmal zu versagen. Ich sagte ihm, dass ich auf den Kaffee verzichten würde und stattdessen lieber einen Früchtetee hätte, wenn möglich.

Ich ging ins Badezimmer und richtete mich notdürftig zurecht. Ich musste das jetzt viel zu sexy wirkende Kleid anziehen. So schön es am Vorabend aussah, so unpassend war es nun für einen Sonntagvormittag auf dem Land, zudem stank es nach kaltem Nikotin. Ich sah jetzt darin eher abgetakelt aus, wie eine vom Vorabend Übriggebliebene.

Auch an Mario war die Nacht nicht spurlos vorübergegangen. Seine Stimme war rauer und noch etwas tiefer, seine Haare zerzaust, sein Dreitagesbart um einen Tag länger. Sein verschmitztes Lächeln ließ vermuten, dass es ihm trotz Schlafmangels hervorragend ging.

Wir frühstückten gemeinsam in seiner Küche und Mario sagte mir, dass er heute Mittag, wie jeden Sonntag, bei seiner Tante Trude zum Essen eingeladen sei. Sie pflegten dieses sonntägliche Ritual, seit ihr Mann vor einem Jahr gestorben war. Die Tante sei auch keine richtige Tante. Sie war eine liebe, ältere Freundin und Vertraute von ihm. Die Freundschaft bestand schon viele Jahre zwischen ihnen. Mario fragte mich, ob ich ihn nicht begleiten wolle, dass er sich sehr freuen würde, wenn ich mitkäme.

„Wie lieb ist das denn, bitte, er will mich gleich seiner Freundin vorstellen", dachte ich bei mir.

Sagte aber stattdessen: „Das ist sehr freundlich von dir, danke Mario, aber du verstehst sicherlich, dass ich in diesem Kleid lieber nicht mitkomme."

„Mir gefällst du ausnehmend gut darin. Willst du lieber hier auf mich warten? Du kannst dich ein wenig ausruhen, ich bin spätestens in zwei Stunden wieder zurück."

„Mario, sei mir bitte nicht böse, aber es wäre mir lieber, wenn du mich zu meinem Auto bringen könntest. Ich muss zu mir nach Hause. Ich brauche jetzt ein Vollbad und anschließend viele Stunden Schlaf."

Mario fuhr mich zu meinem Wagen und wir vereinbarten, dass wir in den nächsten Tagen miteinander telefonieren wollten.

KAPITEL 43

Ich war erstaunt und sehr erfreut zugleich, als Christoph mich anrief und fragte, ob ich nicht Lust hätte, ihn und Nadine am kommenden Wochenende zu besuchen. Da die Wetterprognose für die kommenden Tage schönes, warmes Wetter voraussagte, schlug er vor, für uns drei im Garten zu grillen. „Ja, klar, sehr gerne, was soll ich mitbringen?" fragte ich Christoph, gerade so, als sei unser Kontakt nie abgebrochen. „Nichts, gar nichts. Freue mich auf dich", sagte er und legte auf. In diesem Moment wurde mir bewusst, wie wenig ich in letzter Zeit an meine Familie gedacht hatte. Ob irgendetwas Einschneidendes passiert war? – Nun, ich würde es erfahren.

Ich nahm mir vor, keine Erwartungen an unser Treffen zu knüpfen.

Als ich am darauffolgenden Samstag vor seiner Haustüre stand, wurde sie, noch bevor ich anklopfte, aufgerissen und Nadine fiel mir um den Hals. Wie eine Klette hing sie an mir und ich drückte sie ganz fest an mich. Sie fühlte sich gut an und sie roch gut. Es war eine Wonne, das Mädchen zu spüren. Als sie sich von mir löste, stand sie vor mir und es gefiel mir, was ich da sah. Sie trug ihr blondes Haar etwas länger, sie hatte einen kecken Gesichtsausdruck. Sie war seit unserem letzten Zusammensein gewachsen, ihre Figur war kerniger.

Das Mädchen wirkte insgesamt sehr gepflegt, und das wichtigste für mich war, dass sie ganz und gar keinen unglücklichen Eindruck auf mich machte.

Christoph erschien ebenfalls in der Tür: „Grüß dich, Hanne."
„Danke für die Einladung", gab ich zurück. Wir küssten einander
links und rechts auf die Wange. Ich übergab ihm eine Packung
Kaffee und eine große Schachtel Katzenzungen. Ich ging davon
aus, dass sie immer noch seine Lieblingsschokolade war. Nadine
bekam von mir ein mit rotem Glitzerpapier eingepacktes Paket.
Ein Sommerkleid in der Farbkombination pink, rosa und lila, in
der Größe für ein achtjähriges Mädchen.

So wie früher war alles schon vorbereitet. Das Fleisch war
mariniert und wartete nur darauf, auf den Griller gelegt zu werden, der Kartoffelsalat musste nur mehr auf Tellern platziert werden.

Christoph hatte sich seit unserem letzten Treffen optisch
nicht verändert. Man sah ihm an, dass er zu viel Alkohol trank.
Seine dunklen Augenringe betonten die glasigen Augen, sein Gesicht war aufgedunsen, der Teint aschfahl. Wie immer steckte
eine Zigarette in seinem Mundwinkel.

Eine halbgeleerte Bierflasche und ein voller Aschenbecher
standen auf der Küchenanrichte, auch an diesem Bild hatte sich
nichts geändert, ansonsten wirkte die Wohnung aufgeräumt.

Während Nadine ihr Geschenk auspackte und Christoph
noch einige Handgriffe in der Küche erledigen wollte, ging ich
schon einmal in den Garten vor.

Für einen kurzen Augenblick hatte ich ein Bild von damals
vor meinem geistigen Auge. Ich konnte sehen, wie sich viele, gut
gelaunte Freunde im Garten tummelten. Ich sah fröhliche Kinder umherlaufen und Erwachsene Fußball spielen. Ich hörte das
Stimmengewirr, die Musik, das fröhliche Gelächter. Und sogleich
wurde mir bewusst, dass es so wie früher nie mehr sein würde.

Nadine kam in ihrem neuen Kleid um die Ecke geflitzt. Es passte ihr wie angegossen. Christoph, mit einer neuen, vollen Bierflasche in der einen und dem Grillgut in der anderen Hand, kam hinterher, eine Zigarette im Mundwinkel und das darüberliegende Auge geschlossen. Er sah aus wie *Popeye, the Sailor*.

Christoph legte die Fleischstücke auf den Griller und ich setzte mich zu ihm. Wir wussten nicht so recht, wie wir miteinander umgehen sollten. Wir vermieden es, über wichtige Themen zu reden. Wir sprachen auch nicht darüber, weshalb er mir damals zu seinem Geburtstag, als ich mit drei Torten vor seiner Türe stand, nicht aufgemacht hatte. Wir redeten wie zwei Fremde miteinander. Die Distanz zwischen uns konnte größer nicht sein.

Christoph war alkoholkrank, sein Fokus einzig darauf gerichtet, immer genug von seinem, ihm lebenswichtig erscheinenden Stoff zu haben. Das war für mich eine Tatsache, die es zu akzeptieren galt. Er machte zwar im Moment keinen betrunkenen Eindruck auf mich, dennoch wusste ich, dass er um diese Uhrzeit mindestens schon sechs Flaschen Bier getrunken haben musste. Früher trank er an manchen Tagen eine Kiste Bier aus. Es sprach nichts dafür, dass sich daran etwas geändert haben sollte.

Ich glaube, in diesem Moment wurde uns beiden die Sinnlosigkeit meines Besuches bewusst. Es gab nichts zu bereden zwischen uns. Ich fuhr viel früher als ursprünglich geplant wieder nach Hause.

KAPITEL 44

Mario und ich telefonierten, als er mir mitteilte, dass er die nächsten Wochen in Deutschland verbringen würde. Er wollte seine Boutiquen aufsuchen, nach dem Rechten sehen, außerdem war gerade die Modemesse in Düsseldorf. Wir machten uns aus, wenn er wieder zurück sei, würden wir ein weiteres Treffen vereinbaren.

Ich war mit meinem Leben zufrieden.

In meinem Job lief es gut, meine Arbeit forderte mich, ich hatte ein Stammlokal, in das ich gehen konnte, wenn ich Gesellschaft wollte, ich lief fast täglich morgens im Schlosspark eine Runde, was mir meine Figur dankte; im Herbst würde ich eine neue Zusatzausbildung beginnen und Mario schien ein sehr netter Mann zu sein.

Der Besuch bei meinem Bruder hatte mir deutlich gemacht, dass ich zwar niemals meine Wurzeln verleugnen wollen würde, aber es wurde mir auch bewusst, dass für mich auch kein *Back to the roots* mehr in Frage kommen würde. Ich freute mich darauf, meinen Lebensweg weiterhin allein, ohne meine Familie, zu bestreiten.

Die Tage vergingen ohne nennenswerte Vorkommnisse, bis auf die Tatsache, dass meine Brüste zu wachsen schienen. Es gefiel mir, sie sahen sehr schön und prall aus.

Meine Brustwarzen waren empfindlicher als sonst, sie schmerzten ein wenig, aber das störte mich nicht weiter. Ich war nie unglücklich über meinen Busen gewesen, er passte zu meiner sportlichen Figur, aber nun war er richtig drall. Es fiel nicht nur mir auf, auch ein Arbeitskollege redete mich direkt darauf an. Und es hatte einen Grund, weshalb meine Brüste so gewachsen waren, meine Periode blieb aus. Ich bekam sie normalerweise fast auf die Stunde genau, aber dieses Mal eben nicht.

Ich suchte meinen Frauenarzt auf, er nahm mir Blut ab und gratulierte mir zu meiner Schwangerschaft. In diesem Moment wurden mir zwei Dinge klar. Erstens, dass ich das Kind unbedingt haben wollte und zweitens, dass ich Mario nichts davon sagen würde. Keinesfalls sollte er glauben, dass ich ihm ein Kind anhängen wollte. Als ich die Arztpraxis verließ, ging ich in den nächsten Bioladen und kaufte Obst und Gemüse. Ab jetzt würde es nur mehr gesundes Essen für mich geben, schließlich hatte ich für mein Baby zu sorgen.

Als ich das Geschäft verließ, lief mir meine Mutter über den Weg. Was für eine eigenartige Begegnung, dachte ich mir, dass ich sie gerade jetzt und hier treffe. Noch nie zuvor war mir meine Mutter in Sams, auf offener Straße zufällig über den Weg gelaufen.

Sie sei gerade beim Fleischhauer gewesen, um für ihre Katzen Innereien zu kaufen, sagte sie mir.

Ich sagte ihr nicht, dass ich beim Frauenarzt war. Mir fiel ein, was sie mir damals, als ich ein junges Mädchen war, mit auf den Weg gegeben hatte: „Komm mir bloß mit keinem Bankert heim." Bei dem Gedanken, meiner Mutter mein Baby in die Arme zu legen, lief es mir eiskalt über den Rücken. Ich hatte das Bild vor Augen, wie ich meine Prinzessin in die Hände der bösen Hexe lege, sofort wäre das Kind mit einem Fluch behaftet. Ich schüttelte den Kopf, um meine Gedanken zu verscheuchen. Meine Mutter und ich hatten nichts weiter zu bereden und wir gingen wieder rasch auseinander.

Ich wusste noch nicht, wie ich das mit dem Baby allein schaffen konnte, aber ich wusste, dass ich es ganz sicher schaffen würde.

KAPITEL 45

Im fünften Monat hatte ich einen Schwangerschaftsabbruch. Die Fruchtblase war normal gewachsen, sagte mir der Arzt, die Frucht hörte jedoch irgendwann damit auf. Ich hatte Mario von meiner Schwangerschaft nichts erzählt und somit wusste niemand davon, und es erfuhr auch niemand, dass ich eine Kürettage an mir durchführen ließ. Ich ging ganz allein ins Krankenhaus, und als ich es wieder verließ, war ich eine andere Frau geworden.

Ich verbrachte viel Zeit mit Nachdenken. Ich ging morgens nicht mehr laufen, blieb an den Wochenenden zu Hause und ich machte mit Mario Schluss, ich konnte nicht anders.

In meinen Gedanken war es ein Mädchen. Das Baby hatte in meiner Vorstellung schwarze Haare und funkelnd grüne Augen, wie mein Vater. Es strahlte und lachte unermüdlich. Sie war mein Schätzchen.

Der Tod meines Mädchens machte mir klar, worum es in meinem Leben ausschließlich ging, nämlich um bedingungslose Liebe. Diese Liebe, zu der meiner Mutter nie fähig war, sie mir zu geben. In all den Jahren hatte ich mich nur nach ihr gesehnt und ich durfte sie während meiner kurzen Schwangerschaft am eigenen Leib erfahren. Noch nie zuvor in meinem Leben hatte ich so tiefe Zärtlichkeit in mir verspürt.

Ich begann, meine Mutter aus einem anderen Blickwinkel zu betrachten. Ich brachte so etwas wie Verständnis für sie auf. Sie tat mir sogar ein wenig leid. Ich stellte mir vor, wie meine Mutter, als sie vor vielen Jahren ihren geliebten Mann zu Grabe getragen hatte, sie mit einer roten Rose und einer Schaufel voll Sand auch ihre Liebesfähigkeit dem Sarg hinterhergeworfen hatte. Dass sich damals ihr Herz in einen Stein verwandelte, dass anstelle von inniger Liebe, tiefer Hass trat.

Hass gegenüber dem Leben, Hass gegenüber jedermann und vor allem Hass gegen sich selbst. Sie verwandelte sich in eine seelenlose Maschine, um nie mehr Schmerzen fühlen zu müssen. Und dennoch konnte ich sie nicht freisprechen, als Mutter versagt zu haben. Eine Mutter, die nicht in der Lage war, ihre Kinder zu lieben, egal aus welchen Gründen, hatte ihre wichtigste Mutterpflicht nicht erfüllt.

Ich wusste oder spürte bereits als kleines Kind, dass es nicht meine Schuld war, wenn meine Mutter grob und böse zu mir war, wenn sie mich wegen Kleinigkeiten schlug. Und es war ganz allein in ihrer Verantwortung, dass sie meine Talente nicht förderte, obwohl sie sie erkannte, dass sie mich kleinzuhalten versuchte, so klein, dass ich für sie lenkbar blieb.

Mein Kind musste sterben, um in mir weiterleben zu können, und ich wusste, ich würde mein kleines Mädchen in mir bis zu meinem Tod zärtlich und verständnisvoll lieben. Meine Mutter hingegen würde nie mehr meine Seele berühren können.

Es war mir klar, dass ich meine Gedanken und Erkenntnisse niemanden anvertrauen durfte, ich wäre auf Unverständnis gestoßen. Schließlich sind Eltern und vor allem Mütter in ihrer Ehre unantastbar. Jeder Außenstehende konnte sehen, wie sehr sich meine Mutter für ihre Familie aufopferte.

Ich schloss Frieden mit der Gewissheit, dass für mich meine Kindheitserinnerungen keine Belastungen mehr darstellen würden. Ich freute mich auf meine Zukunft, ich war neugierig auf das Leben und bereit, mich auf neue Abenteuer einzulassen.